U0625151

有一种力量，叫文学；

有一种美好，叫回忆；

有一种感动，叫青春；

有一种生命，在鲁院！

鲁迅文学院「百草园」书系

乡愁
是一杯烈酒

郑天枝 ◎ 著

今夜元宵，
那一轮明月，
可在故乡的村口悬挂？

XIANGCHOU SHI YIBEI LIEJIU

江西高校出版社
JIANGXI UNIVERSITIES AND COLLEGES PRESS

图书在版编目（CIP）数据

乡愁是一杯烈酒 / 郑天枝著. —南昌：江西高校
出版社，2017.6（2020.7 重印）
（鲁迅文学院"百草园"书系）
ISBN 978-7-5493-5526-6

Ⅰ.①乡… Ⅱ.①郑… Ⅲ.①随笔—作品集—中国—
当代 Ⅳ.①I267.1

中国版本图书馆CIP数据核字(2017)第123375号

出 版 发 行	江西高校出版社
社 　 　 址	江西省南昌市洪都北大道 96 号
总 编 室 电 话	（0791）88504319
销 售 电 话	（0791）88595089
网 　 　 址	www.juacp.com
印 　 　 刷	北京一鑫印务有限责任公司
经 　 　 销	全国新华书店
开 　 　 本	700mm×1000mm　1/16
印 　 　 张	16.25
字 　 　 数	200 千字
版 　 　 次	2017 年 6 月第 1 版
	2020 年 7 月第 2 次印刷
书 　 　 号	ISBN 978-7-5493-5526-6
定 　 　 价	45.00元

赣版权登字-07-2017-571

C 目 录
ontents

乡愁是一杯烈酒

壁钟敲打的凌晨

我的阅读与写作，一般都安排在晚上。当我看到墙上的壁钟临近凌晨的时候，我会感到有一种特别的兴奋感环绕四周。

很久以来，我自己也不明白，为什么会对这个时间段感到兴奋。或许，在我感觉里这个时候会让我对"时间"这个词特别地敏感。

凌晨代表着什么？或者说，它包含着一些什么样的意义？从它的物理性来说，这个时间点是两个日子的交点，一个日子对另一个日子的进入和替代；从诗性角度说，它也是时间的夹缝之门在闭合与开启。

我固执地相信，凌晨的另一个名字，就应该是夹缝之门。它让我在这个"特殊"的时段里，对时间乃至对生命有了更多的理解和领悟。

每一个现代诗人，都毫不例外地让"时间"这个词语进入到他的诗中，这个现象完全可以用"诗人在关注着时间"来回答。这就像小说家对"人性"的关注一样。而特别有意思的是，不少 20 世纪的小说家也开始介入到对"时间"的追问与阐释之中。昆德拉曾说："速度是技术革命献给人类的一种迷醉方式。"他所说的"速度"，也就是那个"于过去、与未来都切断的一瞬，自持续中剥离"的时间。因而他开始悠游于时间之外。

对于一个写作者来说，获得这样一种悠游，无异于获得一种幸福。

今天的生活不会给我这样一种悠游。而我总希望在一个个独立的时间段中，获取只属于我的、有别于别人的那部分，即使这种获取差不多是通过强求所致。当然，这种强求，是自己心甘情愿的选择，而非他人胁迫。这种选择是我生命的需求，也是选择的一种适合自己的、并能带给自己快乐的生存方式。

我强求的部分是晚上，尤其是万籁俱寂的夜晚。我坐下来，或读书，或写作。窗子是关着的，我不想这个城市昼夜不停地喧嚣，在这个时段还与我争夺这个强求的部分。在这个时候，我能够感觉一种宁静在房间里笼罩，伴有一些奇思妙想的萦绕。我更能感觉到的是，我的内心在此时与白天有着鲜明的不同——回到原始状态的我，内心异常单纯。我有时也惊讶这种不同，它可以让我一连几个小时地将注意力集中在对一本书的阅读上，或者集中在对一首诗歌或一段文字的叙述上。特别是在诗歌创作的过程中，常伴有莫名的亢奋，心口有"堵得慌"的感觉。有时，时间好像突然缓慢起来，它像变成了一个有形体的东西，将步伐从凌乱调整到了从容不迫。

在我的感觉里，这种从容，使我相对地获得了某种对时间的抚摩方式，进而感到时间之手对心灵抚慰的快意。奇怪的是，越接近凌晨，这种抚摩感就越强烈，也就越独特。仿佛那就是时间的深处，一种等待在迎面敞开。它等待我进去，循着那条似乎无阻碍的时间小径，走进去获得更彻底的纯粹。对我来说，这种纯粹比对时间的理解或许更加重要。

我明白，在大部分的时间里，除了睡眠，人都很难自主支配自己的时间。假如说，我活到今天，稍微取得了一些所谓的成就，应该感谢这个时段——凌晨前后这段时间的眷顾。其实，所谓的成功是极其次要的，最重要的是，在这个时段里，我是最开心的，始终保持天真的状态，感到自己曾经真实、快乐地活过——这就足够了……

安静的位置

多年前，一直想寻找一个合适的位置——一个属于自己的很安静的位置。可惜的是，我们每一个人其实都只是一枚棋子，在什么位置上停留或"居住"，决定权不在自己，而在能决定你去向的那些人的手里。这或许就是人的悲哀。在你当时无力改变，只能慢慢适应组织和领导分配给你的角色，而且还要努力扮演好这个你也许不是十分情愿的角色。

也许，这就是命运。虽然一些文章常用"命运的底牌握在自己的手里"这样的话语来鼓励世人，但是，要想和命运抗争，会是多么的艰难。

十多年前，我也曾无奈地到过一个地方履任，虽然这之前找过"一把手"陈述不去的理由，但是"胳膊"怎么能"拧过大腿"呢？在中国，尤其是在官场，服从是第一位的，个人的需求只能服从组织的决定。扮演着不情愿的角色，要想扮演得很好，会是多么的困难……学不会"粉墨登场"，那就只好选择了三十六计中的最后一计了。

十二年前，出版了第一部诗集，取名叫作《无怨的承诺》，意思是说将自己此生余下的时间，都献给缪斯女神，远离官场，无怨无悔。也是想找到一个能属于自己的安静的位置，潜心与书本为伍，与缪斯相亲相爱；远离普遍的热闹，静观竞争中的那些精彩纷呈，在与世无争的状态中，明了自己的存在价值。

此后，几经颠沛流离，间或浮浮沉沉，好在都已经是"如烟往事俱忘却"了。直到前年，通过"交换"，才终于有了现在这样一个趋于"边缘化"的位置。这里虽不是桃花源，也会发生一些本不该发生的"鸡零狗碎"的事情，但是，我已经很习惯这样的状态了。被人关注，或许是人奋斗的目标；被人遗忘，可能没有几个人心甘情愿。我要说的是，一个人不被人关注，能在静静的一隅，做自己喜欢做的事情，那才是一件很舒畅的事。

　　一个人明智与否，我以为最起码的衡量标准是能够在不同的年龄段明白自己的需求，也能够找准自己的位置，在滚滚红尘中不至于迷失方向。此时，宁静的心态是很重要的，这让我想起了守林人。守林人的心境应该是非常宁静的，他常年与树木花草为伍，与鸟鸣蝶舞相伴，与这样的最单纯的生命融为一体，守林人的生命也会变得格外单纯了。这样心无杂念的人，热爱劳动，粗茶淡饭，不染尘嚣，恐怕想不长寿都难。

　　安静的位置，旁边或许就是显赫活跃的身影，你要能够坦然处之。现在，我只需要一块小小的园地，种植自己喜爱的庄稼，长出花朵与果实，在闲暇时自我欣赏，也欢迎朋友与我同乐。

　　在安静的位置，热爱平凡，但可以远离平庸……

冬天握在手中

连日的冬雨，像黄梅季节似的，难见天日。我握住冬天伸出的手，凉凉的，微颤中暗示着某种叙述。不假思索，我将冬揽入怀中，用我的体温应答她的咏唱。

夜深人静，睡眠与我不辞而别，我静静地期待着某种东西的降临；心中的渴望，在"嘀嗒"，"嘀嗒"的钟摆摇晃声中，轻盈地飞翔。

冬天飘落在我的屋子里，书的芳香与冬的气息，渐渐地舒活开来，就连水泥和砖块构造的冷漠空间，也软软地弹跳起来。一些失去色彩的生活片段，如粒粒珠玑，被冬用善解人意的丝线，串成佛珠，经灯光的映衬呈现出斑斓的色彩。我放下手中的笔，舒心地把玩着这串"佛珠"，内心充满了顿悟的乐趣，寂寞的生命，在冬夜里竟显得愈发坚韧。

窗外的雨，依旧淅淅沥沥地下着；推开窗，一股寒气扑面而至，我不由得打了个寒战，想到此时冬天正居于我的陋室，心中便多了些释然。借着灯的亮光，我看见窗下的一棵树，正在风雨的伴奏中舞蹈，或许此刻它正用心体会四季轮回的禅意；它柔美的肢体语言，在寒冷的夜，向我展示了生命的纯度和烈性……我坐回拥挤的书房，开始了无的放矢的遐想。

这是一株年老的樟树，普普通通的树种，简简单单地活着。春夏秋冬，不论何种机遇，始终如一地坚守着脚下的土地，生命之根，从不放弃延伸；季节更替，不能改变它的初衷，它以叶子的更迭，回报大自然的眷顾；它以一年四季的浓荫，回报世人的绵绵厚爱；它以饱满的果实，奉献给饥饿的鸟群。而鸟群，也将它的希望和善念带向四面八方。樟树，它依旧平凡地活着，没有非分之想，更不企求带走什么，只静默地聆听大自然发自内心的独白。

冬天来了，意味着秋天刚刚与我们依依惜别，而热烈的夏天，它的激情是否还温暖着我们的内心？春暖花开的陶醉，是否常驻我们难以忘怀的容颜？也许有一天，朋友和爱情离我们远去，甚至连记忆也带不回惊喜的战栗。纵目环顾，谁与我们相见，谁与我们长相厮守？

铺开稿纸，握住笔，冬天犹如乖巧的猫，跳到我的膝上，莫不是她要与我促膝长谈？我拥着冬天，敞开胸襟，她使我的世界真正地干净起来。此时，高山流水般的感觉如期而至，我的清泪，滴在冬天的手上，冬天打开手掌，我看见她的掌纹充满了玄秘。

握住冬天的手，苍茫的大地，向我裸露着剔透的胸膛，那是智者的召唤，那是仁者的宽容……

彻底的阅读者

在一个人的深夜里，我愿意成为一个彻底的阅读者。

阅读，可以让我展开淳朴的想象，在自己营造的时空里展开翅膀，飞翔并歌唱。穿行于历史与现实之间，在幻想和记忆中寻找那种可以放松，甚至使人完全松弛的意境。文字，在静静的夜里，化作温泉，我可以沉浸其中接受洗礼，由内而外做一次理疗。

深夜里，一个人独对苍穹，我愿意做一个忠实的倾听者。

时空交错，万籁俱寂，就连乡间的庄稼都进入了梦乡。我，像鸟儿一样，收拢了翅膀，在自己的居所寻找灵魂的归宿。山川、河流、星辰、日月、存在、虚无……都在深夜里倾诉，此时此刻，生命的个体，唯有选择倾听，做一个最忠实的聆听者。

深夜里，人神交汇，天人合一，智慧的珠贝闪烁其间。微闭双眼，透视古今，胸怀万物，这是何等玄妙的境界、何等畅快的体验！

尘世，本来就意趣盎然；当然，需要我们赤脚站立在厚重的土地上，我们才不至于忘记自己的来路，就会对尘世多一些敬畏，就会认真思考在自己短暂的一生中，该如何活着，如何活出自己的气度和风景。

人生是一条河流，漫天的星斗倒映在河中。波光粼粼，顺风直下，激流险滩，鲜花漂浮，险象环生……这些，或许都是我们要面对的。河流奔腾向前，我们始终都要记住有一个家。我们不能没有家，没有家的话，不要说无法安放疲惫的肉体，就连忐忑不安的灵魂也无处可以寄存。没有家的孩子是可怜的，没有家园的花朵只能飘零。

深夜，从生命的源头追问生命的意义。没有人能够告诉你现成的答案，即便是有那也是靠不住的。生活要由自己体验，生命的意义，需要自己一步一步用脚去丈量，用手去触摸，用心灵去感应。酸甜苦辣，阴错阳差，或许都是生命的内涵，都被赋予了生命最真实的意义。远方的召唤，在风中摇摆，你可以想象成美丽的炊烟；身边的花鸟鱼虫野草蚊蝇，会告诉你什么才是最实际的生活。

谁能有比花朵更艳丽的容颜？可是，再美的花朵也会衰败，也会是"昙花一现"。这是人生的悲剧，却也告诉了我们该如何好好地活着。活着，该是一个多么沉重的词语，可也是一个丰富多彩的词汇，就看你如何对待它。什么东西能比活着更生动、更感性、更鲜活？此时，想到"活着"，我突然想起以前读过的那句诗，活着，就该是"仿佛单恋的少女倾心于爱情"……

一个人的深夜，很适合胡思乱想。在这个特定的时空里，生命的个体处于绝对的自由状态——万物无主，极目苍穹，生长着的与消亡着的并存。没有领导与被领导，也不需要向谁请示汇报，肉体和灵魂都可以赤裸裸地面对……信马由缰，胡思乱想，无所谓褒奖也无所谓贬斥，自己的时空自己做主。自己提问，自己回答，或者就像傻子一样傻傻地看着漆黑的夜空，摸一摸自己的胸口，庆幸自己还活着。

深夜里，邻家的狗突然叫了一声，仅仅一声，乡村的夜很快又陷入了沉静。这一声狗吠，我却听出了绚丽斑斓，听出了饱满和凝重，也许还会刻骨铭心……

风中的词语

在回答"诗人是什么"的时候，克尔凯戈尔说："是一个不幸的人，他把极度深刻的痛苦隐藏自己心里，而他双唇的构成使他们的叹息和哭泣听上去像美妙的音乐。"诗人是芸芸众生中的一员，但诗人又有别于常人，即他在"人世文火烘烤的酷刑中发出的喊叫"也得遵循审美的法则——将苦酿成蜜，如奥登所说的"把诅咒变成了葡萄园"。著名评论家陈超先生断言："诗人，意味着有能力使用一种特殊语言的人。"

鉴于此，写诗二十余年，虽说出版了7部诗集，发表了几百首作品，但每当别人称呼我为"诗人"时，总有一种不由自主的惶恐，这是发自内心的，绝非矫情作态。我感到此生是幸运的，因为我邂逅了诗歌，是诗歌让我天真和简单；我又是孤寂的，孤寂的生命需要诗歌的清泉滋润，裂变的心灵需要诗歌拯救——当孤寂成为最基本的生存状态，几乎找不到可以毫无顾忌倾诉的人，现实就会变得遥远而陌生。然而，只要还有诗的劝慰和解救，孤寂就会成为一种个人独享的幸福。

每一个人来到尘世，都担当着多重的角色，没有哪一个人会单纯到将一种身份进行到底。世界的复杂性远远超出了我们的想象，每人都有不同的身份和脸谱，有的你愿意的，有的是你不愿意但又别无选择。就如我，很多时候做着自己不愿意做的事——"端着别人的碗，就得受着别人的管"。聊以自慰的是，或许每个人都有我这样的体验，即便是"至高无上"的人也会有无奈的时候。庆幸的是选择诗歌相伴，我心甘情愿。

我是一个深夜的写作者，看到徘徊于时空的忧伤而不得不吟唱。夜晚的痛楚，使我睁大了眼睛，让我感到欣慰和喜悦的是，一些凌乱的想法似枝芽，会在月光下渐渐绿得生机盎然。我常于暗夜，细心捕捉大地上失散的细节和零碎的词语，遴选并整合出超凡脱俗的意义。我正进入自己的安静之中，这是一种心灵深处的安静。喧嚣的尘世离我而去，只有我独自含泪歌唱。常常情况是，外面静极了，雪或雨还在欢喜地下，下了一地，酣畅淋漓；还有风的声音给人无尽的想象。我会从雪或雨的张扬中，看到无数情爱的鸟儿，衔着微笑，在温暖的爱巢里营造一角深情的芳草地，还有风儿轻轻地舞蹈——风中的词语，让我暂时忘却烦恼，去拥抱温馨的赐予，并一次次脱胎换骨。

我常常会毫无缘由地在一天又一天的阅读中陷入回忆和怀想，间或开怀大笑，也会愁上眉梢，常有一种沉重和忧伤的轻烟萦绕心头。我知道，这是诗的沉重和忧伤。一如我在白天把大段的盛年奉献给无法自主支配的时空，日复一日、年复一年地继续荒废着大好的光阴。无奈的痛苦，孤寂的折磨，自问与自责的围追堵截，反倒促使我一步步走进诗歌的怀抱，将一些没人要的才情、无处施展的抱负，抖搂出来，统统交给心仪的缪斯女神，我可不管她喜欢不喜欢，接受不接受——请原宥我渴望表达和宣泄的心结，我会将此渐渐化为生命的一种形式，努力地写好属于自己的文字。我不断对自己说："你是蘸着伤口的鲜血、拭着幸福深处的泪水来进行诗歌创作的，诗歌则是生命的求索和风中的词语碰撞时发出的一种声音。"

一位诗评家曾说过："诗歌应该是伤痕累累的心灵的止痛药，或者萎靡颓废时的一杯咖啡，让劳顿疲乏的灵魂得以自如舒展，轻灵地飞舞……"在物质甚嚣尘上的年代，诗歌该是人们最后一点无功利的念想。无论外界如何喧嚣，无论我们脸上涂抹了多少油彩，总会有那么一些时候，我们必须卸下厚重的面具，暂时抛开身边的所有，逃回到内心深处最柔软的一隅，独对自己赤裸呈现的灵魂，接受她的盘查和拷问。在我们的生活里，能与诗歌朝夕相处，能在心灵深处腾出一块纯净的角落，来安放人性中的真诚、善良和美好，应该值得庆幸。

我曾对写诗的价值产生过怀疑，甚至想到放弃，可最终还是在这条路上蹒跚地行走着。因为，我想清楚了一点，一个人一生其实只能做好一件事。你喜欢的，你就该矢志不移地坚守下去，不能患得患失。快乐在劳作的过程，不在收获的时刻。收获时的喜悦只是暂时的，你必须坚持不停地耕耘。每个人都会被世界淹没，每篇文章都会在世界面前束手无策。没有不朽的东西，唯有艰辛播种带来的些微快乐，让人陶醉于片刻的巅峰。

其实，人生是在完成一种行走，每个人都会自觉或不自觉地选择行走的方式和方向。打我们脱离母体之时起，我们已成为一定意义上的流浪者，我们用哭喊的方式来到尘世，我们会一生怀抱乡愁四处寻找家园。肉身的居处易寻，可是哪里有可供安放我们心灵的家园呢？漂泊感常常会驱之不散。人生就是一种背负，我们很难忘掉过去的影子。因为，谁也无法回头看到过去，却可以捡到过去的一些东西，那上面有时间的擦痕，有我们自己按上去的一生不变的指纹……昨天有难以忘怀的回忆，明天会有不可预知的梦，心会随梦，在风雨中飘摇。

今夜，在浓郁的芬芳中，踏着清澈的月光，我不知该怎样感谢每一个平凡的日子，感谢每一位给过我至诚关爱的朋友。我不能忘记，曾用寂寞的手指，于微醉的晚风中轻叩待启的心扉；我不能忘记，在流逝的时光里所拥有过的体验，一声轻轻的呼唤，一阵淡淡的花香，一曲悠扬缠绵的音律……一切都在默默地运行，我唯有用心体会上苍的深情厚谊。

春暖花开的日子、大雪纷飞的日子都会走远，唯有诗歌是照亮一生的灯盏……

很多的花都开过了

这该是后半夜了吧？该做梦的时候，我却在想"很多的花儿都开过了"这样很无聊的事。

就在刚才，打开院子里的灯，看见一只蟾蜍伏在苋菜上，眼睛一眨不眨地看着西瓜藤上的花蕾。我猜想，这只蟾蜍倒是很有闲情逸致，深夜里不去捉虫，却在这儿听雨赏花。

我看着蟾蜍，蟾蜍也看着我，看着看着，我发现白天的这一枝西瓜藤，竟然在夜晚长长了许多，这几朵小花蕾也该是夜晚长出来的……就在我出神的时候，这只蟾蜍掉转屁股跳入西瓜的藤蔓之中。或许蟾蜍在说："这个家伙完全白痴，我哪里在赏花听雨？我是在等'扑火的飞蛾'——俺肚子正饿着呢！是你坏了我的好事……"

是啊，该做梦了！而且我不该搅了蟾蜍的美梦，真是罪过！

花开花落，季节更迭，都是再自然不过的事情。很多的花都开过了，很多的花也都凋零了，很多的花儿长出果实，很多的花儿一无所获。

仰望星空，漆黑一片，唯有淅淅沥沥的雨声。看不见花开，花儿却在悄悄开放；看不见花儿败落，花儿却一瓣瓣飘零。

这是后半夜，无月相随，在这个静谧的乡村，此时或许只有我的书房亮着灯盏——一双有些困顿的眼睛，看着沉睡的夜晚。

我相信，当我想着花儿开过，仿佛那些开放过的花朵，正在我的指尖复活。花儿绽放时的笑容，变成了甜蜜的滋味，需用今夜清凉的雨水勾兑。而勾兑出的甜蜜，就该是醉人的美酒，饮后不再醒来。

此刻，在阴雨连绵的季节，在依旧下着雨的深夜，面对空旷的世界，内心似乎滋生出与世隔绝的怅然。可是，在怅然萦绕之中，却抽出身继续遐想那些"很多的花都开过了"的无聊命题。

这似乎是很无聊的事情。静默地聆听大自然的叙述，聆听花开花落的声音，进而走进生命的内层，接近生命的内核。自然伸出友好的手，想握住我的手，我却有些迟疑，我怕我的手藏有"杀机"。

这是后半夜了，无论是睡着了的还是清醒着的，都不可能改变这个世界，也无法改变花开与花落。花朵会飘落在我们的手上，我们想一想能否给花朵一块干净的藏身之地。花朵如梦，人生如梦，我期待我的文字也如梦……

后半夜了，那些习以为常的喧闹，那些熟悉的、陌生的场景，都会被夜色消融。那些谎言似的赞美，那些物质的追逐与挑逗，在后半夜好像暂时失去了意义。此时，白天隐匿的、分离的开始明朗、开始吻合。我开始思考，并不在意上帝是否会发笑，因为，有许多的神秘需要我在后半夜完成解读。

很多的花儿开过了，正如很多人活过、很多人死去。很多的花儿开了败，败了再开；很多的人活着，很多的人死去，活着的人继续活着，死了的人却再也活不过来……

清　欢

许是好久不干体力活儿了，在茅庐忙碌了一天：翻地、种菜、扫地、洗涤衣物、整理书房等。没有好好用餐，只是食用水果和面包，以及茶水。待忙碌停当，已近黄昏，洗了个凉水澡后，倒头便睡，一直到 21 时许才醒来。不用质疑，睡眠质量肯定很好。

简单洗漱后，取豆腐干三枚，倒自酿的桂花酒二两，开始了一个人的夜酒"模式"，有朋友谓之为"清欢"，也有朋友称之为"雅兴""自得其乐""有味道""风雅""好兴致"等，我都认同，说白了就是一个人自斟自饮，苦中作乐而已。当然，我也愿意往高雅这方面上想。这样一来，同样是喝酒，就显得有品位了。

我该为自己鼓掌了！三枚豆腐干，二两小酒，居然喝了一个多小时，而且是有滋有味的样子。这是一个人的时空，电风扇扇出的风不急不躁，徐徐的微风，万籁俱寂，乡下的这种静谧，在城市里生活的人无法想象和体会，连狗都懒得叫一声，只有虫儿的吟唱此起彼伏，此刻在我的眼里，虫儿的鸣叫该是最美妙的乡村音乐了。

我真的是醉了！不，是陶醉，有淡淡的清欢。虽没有朋友所言的那种爽歪歪的感觉，但此时的心情绝对是愉悦的，没有孤独，也没有什么惆怅。一个人的时空无拘无束，肉体是独立的，灵魂是自由的，思绪万千却可以无的放矢。这该是多么美好的状态啊！唯有消解孤独，才能享受孤独，因为，孤独是所有人都必须面对的问题，谁能和孤独牵手做朋友，谁才能找到打开生活之门的钥匙。

不知何故，突然想起了一个人，一个与我非亲非故、且死去多年的独身老人。二十世纪末，一次出差到某县公安局某派出所调研，忙完了公务后，和看门的老王头有了短暂的交流。王老因家境贫寒，终身未娶独自一人生活，早年在农村靠挣工分养活自己，反正是一人吃饱了全家不饿。随着年岁大了，干不了农活，托朋友帮忙，在派出所谋了个看大门的差事。据他自己说，一个月的薪水，大都用来买酒喝了。他每天要喝一斤多酒，早上眼睛一睁一直喝到晚上熄灯。酒，是那种劣质白酒，下酒菜有时是几枚茴香豆，有时是臭豆腐干，实在没钱买下酒菜，他就用鹅卵石蘸盐水当菜，但酒照样喝得快活，仿佛神仙的模样……有一天，民警们上班了，发现大门没开，赶紧推开门卫室的门，发现王老头已经咽气了，享年七十有六……事情过去了许多年，我依然记得他对我说的这几句话："白天我就是条狗，看门护院，但我这条狗必须从早到晚都喝酒。我睡着了，就是神仙皇帝，连蚊子都不敢叮我……"我更忘不了他的笑声和笑容，那是绝对的真实，没有丝毫的作态。

突然，又想起来张爱玲说过的话："生命是一袭华美的袍，爬满了蚤子。"

是啊！生活是自己的，没必要羡慕别人；风光的背后，都有鲜为人知的秘密。当衣食无忧时，"吃得进，拉得爽，睡得香"该是最好的生存状态，肉体和精神上的健康，比什么都重要，生不带来死不带去，什么都不值一提……

人生犹如一场春雪

昨夜的一场春雪，留下了洁白的痕迹，早晨起床看到这一幕，心里有种很温馨的感觉。可是没多久，这些很美的雪痕就慢慢消失了。春雪来得快，去得也快。此时，又见春雪纷纷扬扬，夹杂着细雨，推开窗户，瞩目良久不语。夹杂其间的爆竹声，似乎表达着另外一种人生的况味。取出毛笔，在沾满雾气的窗玻璃上写下"冬去春来"，很清晰，少顷，很清晰的四个字，变成了水汪汪一片。

春雨春雪匆匆而过，庄稼渴望水，人们也渴望水的滋润。想起了小时候在井边打水的情景，长长的绳子拴住一只木桶往深井里吊水，是很费力气的活。井边的石头，被绳索勒出了一条条很深的沟，那是岁月留下的痕迹。如今，在农村像这样的水井也很难找到了，已经成为文物了。时间是一把看不见的锉子，慢慢磨损着一切。此时，我的脑子里突然跳出"人生犹如一场春雪"这样的句子……

早晨上班，春雨霏霏，却没有我想要的那种暖暖的、让人酥软的感觉。寒风穿梭其间，走在雨中，毛孔紧缩，三九的记忆卷土重来。也许，需要经历过几番倒春寒，才能让我们更加珍惜春天带给我们的美好吧。眼前怒放的腊梅，让我多了一些敬重，腊梅淡淡的香味，给了我一些安慰。我想，人生也应如此，绝对一帆风顺的人可以说绝对没有，一个人的一生如果过于顺当，遇到突如其来的打击时就会很脆弱。

没有了烟花爆竹的喧嚣，此刻的宁静尤为明显。时针嘀嗒，非常真切，如同自己的心跳；想象自己坐在莲花之上，无风无雨，就连涟漪也归于安静。安静，是另一种诉说，往事知趣也不来打搅。我不想思考，世界与我彼此难分。搓了搓手心，发热且散发淡淡的松柏香味，是淡淡的那种，若有若无，就连呼吸也变得舒缓起来，不由自主地微微合上双眼。

睁开眼睛，一切如旧。心灵见到的，也许是真见到的。那是接近虚无的美，自由的梦幻，从此岸到彼岸，距离只是一种概念。随着想象进入山林，鸟儿歌唱，花儿芬芳，泉水叮咚，一切的一切，是那样的和谐、那样的让我陶醉且不能自拔。原先许多复杂的事物此刻简单如柔美的草地，我躺在翠绿的草地上，沐浴春阳，想象自己只是一朵白云，在蓝天自由自在地游荡……

我有何求，我复何所求？人生不过如此，所有的纷争，所有的追逐，到头来不过梦幻一场！此刻，我独自一人，轻轻抚摸瞬间与亘古的忧伤，做一次深呼吸，然后等待一只温柔的彩蝶翩然而至，并借蝶儿的翅膀，做一次无忧无虑的翱翔。有风掠过，很轻，微凉。独享这份宁静，语言是多余的，我在心中为爱默默祝福，为天下所有的有情人祝福。

世界在变，而且是飞快地变，甚至旋转，人当然也会跟着变跟着转，转得晕头转向了就会是一幅尘世图。一次，一个朋友来看我，见我每天写诗，不炒股也不知道什么叫炒基金，连忙说："世界都在变，好像就你没有变！"我不知朋友是褒奖还是……不变是不可能的，只不过是面对变化着的世界，尚未晕头转向而已。

"写诗能当饭吃吗？"这是一个朋友的疑问。我笑着答曰："能！"他摇了摇头。每个人会有自己的选择，选择适合自己的生活方式。一个人到了某个年龄段，应该明了自己的需求，这很重要。我现在的生存状态虽然未到不差钱的地步，但还可以算作衣食无忧。物质上的追求永远没有止境，人不能做物欲的奴隶，更要追求精神上的愉悦。写诗，便是我选择的快乐方式，或许唯有诗歌能和我终生不离不弃。

抬眼望，窗外的阳光有些温暖，春雪来过，春雪想留下的意愿被太阳无情拒绝。然而，春雪毕竟来过，毕竟从天空快乐地降临人间，她看到了美好，看到了快乐。春雪短暂的旅行，同样留给我们美好的追忆……

乡愁是一杯烈酒

生活趣味

　　生活趣味，说得直白点，就是指人的爱好，如果上升到精神层面的话，该叫生活情趣。

　　千万别小看了一个人的生活趣味，从某种角度上讲，生活趣味也许是一个人内心世界的外在表现。

　　有人喜欢养花，在与花草朝夕相处的过程中，找到了自己想要的那种快乐。花草无语，花草却多情，养花养草的人，懂得花草的语言。

　　有人喜欢养动物，在与动物一起成长的过程中，去体会那些人无法言说的温馨。我们时常听到一些义犬奋不顾身救主人的故事，很是让人感动。（我喜欢养猫，是因为在猫的身上找到些许的依恋和缠绵；我曾经因为某件事而写下了"重义的猫胜于不义的人"这样的句子，甚至参加一些追悼会，无法落泪，而我养的猫去世了，我却会泪水滂沱……）

　　有的人嗜酒，有的人嗜赌，有的人喜欢钓鱼打猎，有的人热衷于追逐，有的人安于无所事事，如此种种，或许都可以纳入"生活趣味"的范畴。

　　生活趣味是有高低之分的，这是毫无疑问的事情。生活情趣，又往往和一个人的文化品位相关联，进而影响和决定这个人的精神视野以及人的品位的高与低。

　　业余生活，时常是反映一个人生活趣味的"舞台"，也是检验一个人能否有所作为的一块"试金石"。现在，从中央到地方，都强调加强对各级领导干部业余生活的监督，是很有道理也是很有必要的。试想，一个领导干部，如果他将自己的绝大部分的时间，放在吃喝玩乐上，那就很难相信他会"全心全意为人民服务"。因为，"顾此失彼"，这是常识，也是真理，谁也不能例外。

每个人都会有自己的不足，或者叫缺陷，这很正常。我们的老祖宗早就为我们找到了说法：金无足赤，人无完人。面对自己的不足，不必大惊小怪，我们没有必要苛求自己成为一个完人，因为世界上根本就没有什么完人。然而，我们也不能因为人无完人而放纵自己，一味地宽宥自己的缺陷而不加以弥补。

一个人精神上的缺陷，有来自先天的因素，但更多的则是后天的因素。而精神上的缺陷，时常是通过他的生活情趣体现出来的。生活趣味是蕴含在生活之中的，犹如一个人的影子，是很难掩饰的，即便是掩饰的功夫甚是了得，也会在不经意中流露出来。此时，我想到了一个成语，叫"蛛丝马迹"。

也许有人会说，生活趣味只是一个人的"私生活"，用不着看得那么严重，更不用危言耸听。是的，一个人的爱好，真的是"萝卜青菜、各有所爱"。也许，生活趣味只是人生的细节，但是，细节往往决定着成败。比如，当我们在欣赏一个漂亮的女子，正在被她的美貌陶醉时，突然从这个女子的口中发出粗俗难耐的话语，你会感觉像是吃进肚子的佳肴里有一只苍蝇，陶醉的感觉，立即转变为作呕的冲动。当然，这个比喻是极为不恰当的。

如果一个人十分注意自己的生活趣味，在生活中不断培养有品位的生活情趣，这个人的生活无疑会是很美好的，而且会在潜移默化中影响周围的人，将美好的情趣不断传递给更多的人……

想寻找心静如水的感觉

连日来，烟花爆竹声震耳欲聋，从开始的不适应到慢慢习以为常，这是一个很短的过程。此时，没有了烟花爆竹的声音，这个世界依然很嘈杂。一个人静静地在办公室，想寻找那种心静如水的感觉。想象中，一株水草顶着露珠，盈盈的月色照着水草少女般的羞涩，歌声婉转，水草向我走来，梦幻将我围拢。点燃一支香烟，香烟是快乐的，香烟犹如人的一生。烟花绽放，只留下瞬间的璀璨，犹如空中的惊鸿一瞥。人生苦短，能否留下自己最美好的瞬间？

爆竹声中，人们的期望该是赤裸裸的吧？此时此刻，空气中的火药味很浓，我不想说出心中的感慨。浩渺的苍穹，就似一个巨大的花园，而这样的花园在我眼前成为一张纸，一张泛着光芒的孤独的纸。我有什么不能放下？也许，在如此喧嚣中，我可以安然入梦。梦中，我的指尖，已经触摸到春天的呼吸，以及春天的柔情蜜语。在春天的怀抱，我愿意成为一个涉世未深的孩童，期待眼中看见的都是纯洁的美好。

日复一日，年复一年，时间悄悄地溜走，会不会让我们感慨万千？面对悄然流逝的时间，我们最常见的状态可能就是熟视无睹吧！我们经历过的日复一日，似乎平淡无奇没有什么值得细细品味，也没有什么东西让我们由衷地感动。我们天天见过的景色，在眼中不过如此，吃饭睡觉上班最平常不过，有没有想到过感恩？

走进春天，该为春天留下一些值得回忆的礼物。春天的美好、春天的伤感、春天的嬗变，在我们的眼前演绎，我们不该偷懒。萌发、萌动，都与生长有关。在春天，我愿意是一棵小草，在春天的问候中醒来；我愿意在春雨的滋润下回到童年，在春风的歌唱中找到纯真。春天的芬芳，赐给我们的不仅仅是陶醉，也许还有别的东西需要我们领悟。我们的汗水，是否该挥洒在最值得留恋的地方？

人活着似乎是为了寻找一种意义，因为寻寻觅觅本身就让自己觉得是有意义地活着。为了这个所谓的意义，我们从小就接受了使命感这样的教育，我们努力，我们拼搏，都是为了这个意义。可是，到头来当我们觉得自己活得有些意义时，又往往会觉得这一切未免有些虚幻——因为，死亡正一天天逼近我们，留给我们的美好时日已经不多……这就是非常现实甚至有点残酷的人生。

想到人总有一死，再多的钱、再辉煌的人生，都会觉得没有多大的意义。活着其实只是一个过程，快乐与否、幸福与否，只有自己才能真正感受到。许多的浮华，许多的名利，都经不起时间的考验。再厉害的主，也熬不过时间，时间会让一切化为青烟，化为尘土。人生一世，草木一秋，只要能真实快乐地活着就好。

能远离平庸和繁杂，进入自己想要的那种率真且不在意别人看法的境界，无疑是快乐的。这种快乐是简单的快乐，就像山野里的一朵花自然而然地开放——花朵是为自己开放的，她并不在意世人的评说。春寒过后，真正意义上的春天会簇拥着我们。侧耳倾听，春雨缠绵，春雷阵阵，花开的声音，鸟鸣的声音形成春天的大合唱。远离尘嚣，我想住在春天的深处，与一朵白云在蓝天遨游……

一个人的天空

在选编《有种感觉快速划过》这部诗集时，仿佛有许多话要说。然而，校对好这部诗稿后，酝酿如何写后记时，却变得有许多的感慨不知从何说起，手中的笔显得生涩起来。

将诗集取名为"有种感觉快速划过"，仿佛天赐。于是，在我的脑海中呈现出这样的图像：在我的天空，有种感觉如风中的词语，流星般地快速划过。这是生命的痕迹，也是一种不可言喻的心路历程。

我选择了自己的天空，那是一个人的天空。一生走在自己的路上，印着心灵屐痕的图案——滴着露珠的花环，泪光盈盈难握的花环。

翻开人生的影集，寻觅自己的来路，你会发现情感之舟于不知不觉中驶过了所有的日子。很难想象，没有情感陪伴的日子会是什么样的日子。

"春天到了，小鸟恋爱了，蚂蚁同居了，蝴蝶离婚了，毛毛虫改嫁了，青蛙也生孩子了，你还等什么呢？"——最近颇为流行的这条手机短信，说明了"爱情是人类永恒的话题"一点都不含糊。

说到爱情，曾读到一首诗，很有意思：爱情像一杯/具体的茶/许多细节/在婚姻的杯子里起伏//没有越品越浓的茶/没有越尝越新的爱情/婚姻是爱情的杯子/常有新茶/这是杯子的想法——这首诗从一个侧面道出了爱情的本质特征，也将世人的内心世界刻画得入木三分。

　　爱情是出于人的一种本能，是性爱和互相欣赏的完美结合，也是人生存的最基本需要，一般来说，有爱情的婚姻是普遍存在的，但很多时候，爱情和婚姻又呈背离状态——有婚姻无爱情，或有爱情无婚姻。这的确是一件很无奈的事情。现实就像一枚硬币的两面，对任何一面视而不见都难免狭隘。那么，现实中的爱情与婚姻呢？谁能透彻地解读它的正反面？

　　一年前，一位朋友发来一则短信，我至今仍储存在手机内："对的时间遇见对的人是一生的幸福；对的时间遇见错的人是一生的遗憾；错的时间遇见对的人是一生的叹息。"这则短信，高度概括了人世间情爱的三种不同状态，许多人，都可以在这里找到自己所处的情感状态。生活有时就是这样，不是所有的生活都是自己的选择，有一些阴差阳错的误会，还有一些被命运安排。如今，有多少人会看守爱情等到天荒地老。很多真爱丢失了，很多真爱错过了。人生有太多的无奈，最不甘心的，便是错过美好的爱情，想要遗忘，是一件多么困难的事情。

　　生命事实上是一个不断求证的过程，在这个过程中会有许多的偶然和必然，无数的偶然与必然衔接成了生命的链条，回望时，只剩下了一条或明或暗的指向终点的轨迹，这条轨迹当然会刻上爱情与婚姻的真实面容。

　　或许，谁都经历过刻骨铭心的爱情，但有几个能和自己最爱的人一起甜蜜地生活？只能说造化弄人，这种遗憾深入心里，每每想起心中便有锥扎般的疼痛。知己难求，可是因缘际会，两个人却这样擦肩而过，这种遗憾没有经历过的人很难体会。人的心灵只有被爱的海洋俘虏，他自身才能成为海洋的一部分。喷泉里喷出的是水，血管里流出的是血。水的沸点是100℃，真的人血应该50℃就沸腾——50℃就沸腾的爱情温度，真正做到"一个人的心是服从他自己的"（卢梭语）。然而，人类的悲剧就在于，爱情来临时，人的血液沸腾温度大都超过50℃，甚至大大超出燃烧的温度。于是，人的理智在情爱面前溃不成军——恋爱时的男女大都是盲目的"白痴"。此话虽难听，却道出了真相。

人是生而自由的，这话有哲人说了几百年，它像金苹果一样悬在地平线上让世界有所追求。这固然很好，但人真的会拥有一个绝对的自由吗？答案无疑是否定的。就大多数人而言，人生难免各种桎梏。与生俱来的欲望，特定的生存环境，世俗习惯的制约，避险求安的天性等，这就使得自由与否很难由得自己了。爱情的世界大体如此，恋爱时的美好感觉，不能代替婚姻状态中的种种无奈的体验。一位先哲说过，人生道路上有许多开关，轻轻一按，便把人带进黑暗或光明的两种境界。爱情的道路上也布满重重机关，我们的手指常找不到正确的开关；能找对开关的人无疑是幸运的。

著名诗人塞缪尔·厄尔曼说过："岁月让人衰老，但如果失去激情，灵魂也会苍老。"激情一词源于希腊语，本意是"上帝本色"，这里的上帝本色不是别的，而是指一种持久不变的爱心——恰如其分的自爱（接受自我）和由此延伸出的对别人的关爱。我们需要用激情来拥抱生命里每一分钟的感动，用我们所有的感官去感受生活，在平凡的生活（包括平凡的婚姻）中寻找快乐，并让我们的灵魂永远年轻。人生不过像一场雨那么短暂，我们该彼此珍惜上天赐予的这份缘（哪怕是一份不十分合适的缘），并让对方感觉到爱中的自由自在，在平凡的生活中享受属于自己的人生。

清新的爱情，似露珠在清晨嫩绿的草叶上晶亮地滚动，这是人性之美熠熠生辉，触目皆是温存与婉约。在我们的情感世界之外，还有一个看不到的情爱世界。把这个世界用诗的语言说出来，成为我的一个使命，虽说不能做得很好，但我会尽心尽力。在我的爱情诗里，沧桑与纯情常常合二为一，沉重与欢愉融为一体。有痛心疾首的体验，有一种持续的不安和战栗，传达着大地的气息，生存之困苦以及日常情爱氛围的神秘莫测。

在宗教教义里，活在世界中意味着活在种种欲望中。入世之初，人来人往，觥筹交错，靓衣美食，世界在眼中均是和蔼可亲。那时想，谁能放弃这个世界？年届知天命，在人世间沉浮了近半个世纪，酸甜苦辣的感受历历在目。此时，我仍然想，若有来世，依然真情地

一个人的天空

拥抱这个真实的世界……

　　写到这里，我还得借用一句用滥了的话：感谢生活的赐予。阅历对一个写作者之重要，恰如一壶水对一个行走荒漠的人之重要。我愿生活的泉水，能永远滋润渐趋衰老的肉体，并拍打永远年轻的心灵。

在黑暗中与孤独牵手

孤独，是每个人必须面对的朋友，不管是谁，你都无法赶走这位常常是不请自来的朋友。

与孤独牵手，尤其是暗夜里最寂寞的时候，与孤独手牵着手，说说心里的话，痛苦的、快乐的，都不妨向它倾诉。孤独会是最忠实的听众，更不会饶舌甚至出卖你。

一盏孤灯，柔弱的亮光，很温馨的那种，给你寂静的同时，也给你漫无边际的回味。微风吹拂，灯光的影子，会是很温柔的那种，让你的心多一些似水的柔情。与灯光对视，默默无语，却又一言难尽……这样的氛围，需慢慢体会。

我们每个人都是孤独的，上帝也是。每个人的内心世界，都会有孤独的波澜暗自汹涌。越是精神生活丰富的人，这样的感觉就会越强烈。生活得越简单，孤独的感觉就会越少，这是一种很有趣的现象。

有爱的生活，无疑是幸福的，因为爱可以化解许多的无奈。然而，爱不是万能的，爱在很多的时候，也不能消除精神生活中的这种孤独。

几年前，我曾读过英国医生安东尼·斯托尔所著的《孤独》一书，受到过许多有益的启示。在这本书中，他揭示了孤独在人生中的价值，其中也包括了孤独的心理治疗作用。他在这本书中，肯定人际关系的价值的同时，着重论证了孤独也是人生意义的重要源泉，对于具有创造天赋的人来说，甚至是决定性的源泉。那些具有卓越成就的人，无不是在黑暗中快乐地与孤独牵手的人。

"有无独处的能力，关系到一个人能否真正形成一个相对自足的内心世界，而这进而又会影响到他与外部世界的关系。"初读周国平这句话时，有点不甚了了，随着年纪的增长，就有了更深的体验。

"同床异梦"，用来形容许多人的婚姻状态该是再恰当不过的了。如果从人的心理需要出发，从人必须拥有最低孤独的底线来看，"同床异梦"是合理的而且显得十分必要。所以，周国平对我们说："同床异梦是一切人的命运，同时却也是大自然的恩典，在心理上有其必要性。"如果有谁从法律的层面规定，凡是睡在一起的人，必须同床同梦，那才是非常可怕的呢！顺便说一句：同床异梦是常态，同床同梦很珍贵，异床同梦更叫人"寻他千百度"……

学会孤独，学会与孤独做个好朋友，这是一门非常重要的人生必修课；在孤独的簇拥下，我们或许才能与自己的灵魂相遇，与自己的心灵沟通。托尔斯泰曾经说过："在交往中，人面对的是部分和人群，而在独处时，人面对的是整体和万物之源。"

此外，孤独还教会了人们如何坦然面对自己身边发生的那些事情，甚至坦然地面对随时可能发生的死亡，从而为死亡做好准备……

好了，从热闹中抽身，回到孤独的空间，写下这些有些孤独的文字，也算是好像认真思索过似的……

乡愁是一杯烈酒

被寂寞簇拥的幸福

雨，渐渐地小了，由喧哗到呻吟，再到寂静无声。那飘柔的细雨，使此时的时空显得尤为静幽。此刻，独居被自己戏称为"心灵单间"的一隅，四周安静得能听见自己的心跳和呼吸，也能真切地体会手指敲击键盘时的那种心满意足，犹如蚕咀嚼桑叶时的快感——这种惬意的声音，在滚滚红尘中显得无比细小，但也是无比亲切珍贵。从另外一种角度来看，这种时刻也会产生许多无法述说的寂寞，而且寂寞得久了，或许就会擦出些许的思想火花——这种感觉是那样地奇妙。

此时此刻，我很快乐，因为我正被寂寞簇拥。没有人窥视的自由，没有人打搅的安宁，都和我一起享受着一天中最难得的温馨。和自己的心灵促膝长谈、审视一天的是非得失，或者什么也不想，只是闭目养神……这是何等快慰！我进入了属于自己的时空，在自己想象的天空自由自在地驰骋……呵呵，我一个人偷偷地乐着，我享受着属于自己的最简单的快乐——与金钱与地位毫无关联的快乐——谁也无法剥夺或干涉的快乐！拥有这些，我很自足，也很有成就感，除了快乐，似乎没有新的追求让我心烦意乱……

不管是谁，一开始甚至一个相当长的时段内，面对寂寞都是难耐的，甚至会显得非常无助。但是，在充满欲望和诱惑的尘世，面对滚滚红尘的袭来，我们必须慢慢学会把寂寞当作朋友，并逐渐成为知己，最后成为驾驭寂寞的主人。当你进入这样的生存状态，此时的你实际上已经超越了寂寞；当你懂得享受寂寞带给你的愉悦，也就懂得了享受美好的生活了。

现在，我停下来想自己一些近乎很傻的举动，比如：我可以很长时间看蚂蚁搬家、看一群蚂蚁齐心协力搬一块它们认为很重要的食物、凝视一群蚂蚁为一只蚂蚁举行告别仪式；我可以看雨水打在花朵草叶上的变化；可以放下手中活计，听猫的叫春和人类的异同，以及试图由此辨别人类的虚伪……比如，此时我在想，细雨抚摸栀子花的心情；鸟雀被雨淋湿的翅膀该如何收拢；泪光闪闪的小蜜蜂此刻在哪里酿蜜；蝴蝶和玫瑰，是否相依相偎……

生活，会有消逝，但更会有蓬勃的生机与我们相遇；注重细节，我们就会自然地放慢生活的节奏，用心体会让我们惊异的世界，更不会为一点小事而弄得死去活来。如果说，每个时代都有自己要解决的问题，那么，每个人也同样有自己要解决的问题，这些都无法回避。寂寞的时刻，也许我们更能冷静地面对自己要解决的问题，理清思路，化整为零，坦然面对自己的今天和明天，在努力前行的同时，好好地享受今天的生活，在繁杂的尘世，找到属于自己的幸福和快乐。

我们的生活哲学，其实没有什么大道理可言，只是努力做到不负我心、不负此生好好地活着，以一种严格的自律精神不断追求理想的目标，在追求的过程中体验那种只属于自己的快乐。选择自主的寂寞，自觉地做寂寞的主人，无疑我们的幸福和快乐，就会多一些保障；我们晚年的回忆，也会因为寂寞的赐予，而显得更加有滋有味……

千万里我追寻着你

边抽烟边思考这样一个问题：如果我不喜欢看书写作，我还能干什么？如果此刻我不是与书本相伴、与文字共舞，我能不能一个人独对这样空寂的时空而不觉得孤寂？在这样一个相对封闭的院子内，拿什么和苍穹对话，以证明自己真实地活着？

在浩瀚的世界面前，人是很渺小很微不足道的，有时会小到远不如一只蚂蚁。人，常常会很迷茫，想征服许多，却因找不到征服的"武器"而沮丧。人，有时很自大、很自恋，有时也会很自卑、很无措。挫败感，或许是造成人不快乐不幸福的最大元凶。

这是一个多雨的季节。春夜，因雨水的沐浴万物都在疯长，就连野草的生长也显得冠冕堂皇。做梦的季节里，虚幻是最好的演出，情欲和花朵一起在深夜开放。没有一种药物，可以医治春梦，纵使华佗妙手回春，也无法治疗不可逆转的命运。

现在，春雨不停敲打我的窗棂，像是不期的约定。要不要打开窗户？我的犹豫，在于始终不能确定春雨这番情意的假与真。我不想独自一人，清点自己的眼泪，更想以诗歌的名义对情爱发出拷问。"问世间情为何物，直教人生死相许？"一个情字，会生出多少人间的悲欢离合；一个情字，让多少痴情的男女痛不欲生……

你看，"情"字寓意心如青草，在春天萌发渐生渐长，风吹过，草起舞，心旌摇荡，蓬勃益然。更有那"野火烧不尽，春风吹又生"，以及"星星之火，可以燎原"……在情字面前，人会显得幼稚，显得单薄，甚至是可笑；飞蛾扑火，无论如何我们都没有理由嘲笑。

现在，除了雨声，我该是生活在一个没有声音的时空。我突然怀念起音乐，声音是最美好的载体，会让我们的肉体和灵魂在特定的时空得以释放。那就唱一首歌给自己听吧！我轻轻地唱着，《草原之夜》的旋律如雨悠扬。我不会弹琴，我却希望我的歌声幻化为多情的琴声，更期待着能有一个美丽的姑娘来陪伴我的歌声……

呵呵，这是一个梦啊！梦里不可能长出庄稼。可是，美梦也会是一种补品，也会抚慰心灵的痛与痒……如果你不是一个急于求成的人，你可能会说，一切都会在过程里面，虽然这样的过程会是漫长的，也许会是终生的。

为什么要在意"结果"呢？上帝问我。是啊，为什么做事一定要有结果呢？为什么我们不会在追寻的过程中，静静地体会那一份独特的享受？我的一位朋友曾对我说："我一生的使命，就是找到能永久陪伴我的爱人。"我想，他的这个要求并不过分，也是人之常情。此时，我的心中回旋着一首老歌的歌声：千万里我追寻着你……

那就这样：把我想要的带来，将我想逃离的带走……

留存的总该是有意义的

虽说人生苦短,犹如过眼烟云,但几十年的人生旅程,会经历很多,会留存很多记忆。有些记忆你想忘却,却久久挥之不去。

人生百年,对于我来说已经过去一半还要多一点,何况我也不知老天爷会在哪一天让我的生命画上"休止符"。人生的路千万条,每个人途经的风景也是千差万别的;然而,最后的归宿却是一样的,达官贵人与平民百姓,都会有生命的尽头。这是可怕的,也是可以欣慰的——是人,就免不了一死!

许多往事没有在我的脑海留存,不是因为不重要,也不是因为自己的记忆力不好,而是因为没有必要记住那些往事。"如烟往事俱忘却,心底无私天地宽",这是陶铸说的,我很喜欢这样的境界。放下包袱,才能寻找快乐;忘记烦恼,就有可能拥幸福入怀。

今天下午到市区办事,办完事情后赶着乘公交车返回,在等车的地方,看见一个人扑在道路的隔离栏杆上,数着疾驰而过的汽车和匆匆赶路的行人,满面笑容,自言自语,一副怡然自得的神情……我明白了他的身份,也读懂了他的发自内心的快乐。说心里话,此刻我真有点羡慕他的超然——一个精神病患者的毫无作秀成分的超然……面对日新月异的社会,在滚滚红尘中,谁能真正做到"超然物外"?

能留存的应该是有意义的,包括刻骨铭心的爱与伤痛。人的记忆,应该是一张聪明的过滤网,珍藏值得留存的美好,舍弃那些会让自己常常陷入苦痛之中的"如烟往事"。既然是往事不堪回首，那就该毅然决然地不回首。向前走，在欣赏沿途风景的同时，铭记能让自己感动的美丽风景，也是一件能让自己欣慰的事。

人生真的苦短，放下怀抱，极力眺望无限的风光，举着自己的灯盏，走完属于自己的路，并让自己的路有所延伸……

乡愁是一杯烈酒

后半夜赐予的零星想法

我喜欢阅读纸质的书籍，而且喜欢在后半夜这个时段，静心读那些能够让我怦然心动的书。

我不知该如何给这样的时间下一个确切的定义，用"后半夜"这个词本身就有些模糊。按常理，时针过了十二点，就该算是"今天"了，这之前就该称之为"昨天"，那么，"明天"又该如何计算呢？……嘿嘿，我被自己搞糊涂了！

还是将现在叫作"后半夜"吧，这是我喜欢的一个时间段。此时此刻，我可以更加静心地阅读、思考，如果"后半夜"赐予我一些零星的想法，我就会在静谧的氛围中寻找一根"线"，将这些想法穿起来，形成一篇"小东西"——我喜欢这么叫自己写的文字。

写作绝对离不开看书学习。当然，从某种意义上讲，人的一生都在学习。在时间这个川流不息的传送带上，谁的背囊里没有光阴的灰烬？岁月多情也会无情，就看人对待岁月的态度，这似乎与学习无关，其实不然。就像人类面对自然的态度，是谦卑的还是高傲的，同样离不开人们对事物的认知——与学习密不可分。态度不同，结果就会大相径庭。

我一般不太在意眼前的诱惑，也不刻意为自己设计一个十分功利的未来，或一定要达到什么样的目标，因为那样会很累。有这样的认知，不是与生俱来的，而是经历了生活的磨砺之后，慢慢领悟的。生活告诉我，做人时常处在很累的状态之中，就很难体会到做人的那份乐趣，如果做人感到无趣，那活着还有什么意义呢？如果你的追逐，并没有带给你幸福快乐，尤其是身心的愉悦，这样的追逐本身就是徒劳的。

我的写作状态和我的生活状态大体一致，虽然我给自己定下了每天必须写一点东西的规矩，以此证明自己还活着，但是我的写作大多是很随意的，一只鸟、一朵云、一个记忆的片段等，都可以写着玩，有点随遇而安的味道，也充满着人间烟火。不强迫自己写不喜欢写的东西，不追逐，不刻意，自己和自己聊天。如果有几个朋友捧场鼓励，则是额外的惊喜和收获。

但是，做人做事，我一向都是很认真的，一些在旁人看来是很微小的事情，我都会认真做好它。认真做好眼前的每一件事，尽其所能，尽可能不留下遗憾。做事注重过程和细节，在劳作的过程中体会其中淡淡的快乐，至于结果只是过程的延续，我是不会看重的。所以，现在我基本上能够适应自己生存的环境，好与坏只是一种"感觉"而已，做对自己之后，一切都可以"视而不见、充耳不闻"。

我会真诚地面对每一位朋友，就像面对一本喜爱的书。书，是无言的朋友，读一本书，其实就是在和一位知己倾心交谈。我相信缘分，有缘相识倾心相处，爱朋友，也感恩朋友的关爱，是朋友总会惺惺相惜不离不弃。我与书籍的关系，大抵也是如此。

其实，人在生活的低处，往往更能看清朋友的真面目，锦上添花虽好，但我偏爱雪中送炭。能陪你笑的可能是朋友，能陪你一起痛哭的，无疑是你的挚友。我更看重后者——这样的朋友很少，因而就显得更加珍贵，也就值得加倍珍惜。读书，更要多读好书，好书就是我们生活中的挚友。一卷在手，沉醉其中，真的可以不问尘世间的那些俗事。

熟悉我的人常说："你的脸上始终阳光灿烂，不管你遭遇了什么，你的笑声常常传得很远……"是的，我是一个快乐的人，笑口常开，笑声不断，是我生活的阳光的一面。我始终牢记雨果的一句话："笑，就是阳光，它能消除人们脸上的冬色。"人生会有许多的沟沟坎坎，咬咬牙跨过去就是了，所有的人生阅历，都是一笔财富。

你自己不倒下，就没有人能将你打倒！这是读书带给我的生存智慧。

更多的时候，我是寂寞的，在孤独中寻找属于自己的那份快乐。就像现在，万籁俱寂，我可以不受干扰地"信马由缰"，放飞自己的思绪。人的一生中，大多数的时间，是自己独对苍穹，自己做自己的朋友，和自己倾心交谈，哪怕是默默无言……只有在这个时候，仿佛才觉得自己是真实地活着，自己的心跳才是均匀清晰的。跟自己做朋友，这是一个很好的境界。爱自己也爱别人，但是不要依赖别人的爱。

书中没有黄金屋，书中也没有颜如玉，但是，读书会赐予我们物质上无法带来的愉悦。终生与书相伴，将书当作红颜知己，不离不弃，直到撒手人寰……

风起的时候，阳光依然灿烂

阳光打在我的脸上，温暖流于内心。这是南方初夏里最平常的一天，喧嚣声不绝于耳，唯有蛙鸣透出丝丝的静谧。每个人都怀着自己的希望，每个人都紧握着自己的心事。

二十世纪最后的日历被一页页撕去，似乎没有什么可以将人轻易打动。坐在南方的一隅，检视我的第三本诗集，不禁感慨良久。人们有理想的追求，也得到过幻想的安慰。当我将这份薄薄的心意敬献给新的世纪，我不曾企望打动谁。起风了，在获得凉意的同时，也小心收藏起绵绵的心事。

人是需要安慰的，而真正的安慰来源于自己的心灵。拥有良好的人生境界的人，往往在各种情形中都能泰然处之，不浮躁，不急功近利，懂得珍惜善良、诚挚、朴实。

同理，人总是要做梦的，生命不止，梦就会延续下去。虽然幸福总在彼岸，此岸的我们总有些可望而不可即的无奈。于是，我把人世间的理解、宽容、同情、友爱、缘分视作幸福的降临，并用诗歌这一载体承接幸福的体验。

写诗，是件很痛苦的事，也是一件十分愚蠢的事。诗人拿着血淋淋的屠刀，心满意足地杀死自己，至于死后是否有人守灵并不在意。

发现自己是极其不易的。因为人的视线的箭头被设计向外的，诗人大体也如此。如有所不同，仅在于诗人有时尚能生活在自身之内，也许因为这么一点的不同，生活带给诗人的痛苦可能多是自找的。

前不久，读过一篇小说，里面的这几句话给我留下很深的记忆：都市中的很多人都想为所欲为地干，想过自己喜欢的生活，但现实总是让他们屈服，因为不是很多人都能不顾一切……然而，人的想象却可以为所欲为，它不受时空的约束，也不受人为的管制。诗人选择诗歌表达情感，或许想借助想象力的翅膀将诗人带向他想去的地方，寻求片刻的超凡脱俗。

我常想，生活就是生活，她唱着自己的歌，踏着自己的节拍，与每个人友好地擦肩而过，我们可以闻到她的芳香，却永远看不见她的身影。没有什么可以轻易地将人打动，除了内心深沉的爱恋；没有什么可以轻易地将人抛弃，除非你已失去对生活的信心。

风起的时候，我正在太湖边静静地冥想。帆，正躺在我的身旁不语……

今夜听雨别有情怀

冬夜，雨的声音很真切，风的声音就显得很微弱。雨，按照自己的意愿，下着，下着，很是酣畅淋漓。雨打芭蕉，清脆的回音，在时空里盘旋，人似乎也跟着盘旋起来。那种轻盈的感觉，在冬夜好像有点不合时宜，但是却是很真实的存在。

晚饭后，在微雨的公园漫步。毛毛雨抚摸脸庞，有点冷，更多的则是别样的情怀，恰似雨点敲击湖面，荡起层层涟漪；那细密的涟漪，层层叠叠，逐渐蔓延开来，就像一个人的心情。

在细微的月色中，想找到我所需要的那种温暖的确切含义，也想让问候穿上柔软的外衣……问候不会搁浅吧？你在哪边？是否也正下着蒙蒙的细雨，是否也在湖边漫步，等候风起的时候，好让翅膀鼓起风帆？

今夜的月色，注定要成为这个城市的伤口。厚厚的云层，将月色包裹得严严实实，我似乎听到了月的喘息，听到了月的歌吟。一阵风后，凉意袭来，我依旧保持不紧不慢的速度，也让思绪不紧不慢。

一个人散步，似乎已成为一种习惯。也许，我需要那种淡淡的懒散，来缓解某种思绪，习惯了眺望远方的风景，并让眼睛拥有远离尘嚣的那种宁静。虽然，我不能触摸到你的呼吸，可是你的声音比呼吸更让我感到温馨……

其实，世界真的很小，距离就是对岸最美的风情。

今夜听雨，别有情怀在心中萦绕。日子，因美好的想象而显得更为美好……

流水依旧奔向远方

春雨初起时，只是很缠绵的样子，有点虚无缥缈，紧接着雨点的声音开始清晰起来，打在雨棚上的声音有点鼓韵的味道。此时，下午五时许，独自一人在白鹭谷的茅庐静静地聆听春雨的浅唱低吟，看院子内风中轻舞的油菜花和豌豆花，有点心静如水的感觉。

春天的风，有些微凉。此刻的心境就像雨中颤动的最柔嫩的叶子。无语，无边的空寂聚拢在身边，面对春雨的赤裸，也想以赤裸坦诚相对。

突然，远逝的哲人对我说："请告诉我们有关爱的事情吧！"环顾四周，依旧只是独自一人，就连影子也因为雨的来临而不知躲在何处。没有了影子，仿佛觉得自己很不真实；不真实的我，如何能够告诉别人"有关爱的事情"呢？

是啊，人生来就是要被爱恨情仇所包围的。因为"爱的事情"，我们才能够领悟自己内心的秘密，在自己的内心留有一块不希望任何人涉足的领地，让爱滋润一生的缺憾，让爱抚慰生活的平淡。

人生不过短短百年！为"爱的事情"而欢欣——尽情欢笑，在快乐中体验那份甜蜜；抑或因"爱的事情"而恐惧彷徨，在茫然无措中酿造一杯五味杂陈的酒……这些都是常人要遭遇的事情。迎接爱的期许，还是躲避爱的筛选，其实都是很艰难的抉择。

"爱别无他求，只求成全自己"，这是纪伯伦的结论，他还告诉世人："爱，不占有也不被占有。"今夜重新回味此番话语，似有新的领悟。

　　春雨的声音逐渐减弱，很快又恢复了宁静，因为春雨又回到了原先缠绵的样子。门前的小溪，潺潺的细流，在夜晚吟唱自己的恋歌。春雨温柔，而太多的温柔，会不会带来太多缱绻与苦痛？……

　　没有人告诉我，流水依旧奔赴远方……远方却又是一个很模糊的概念……

乡愁是一杯烈酒

神圣的花朵

　　我对诗歌的迷恋，源于我对词语的偏爱，在词语中我找到了比喻，而比喻又使我保留了自由想象的权利——这是现实生活所不能给我的快乐。每天写诗，使我觉得生活每天都是鲜活的，每天都似乎活得有些意思。因为诗歌，我找到了真诚，找到了志趣相投的朋友，而且是值得信赖的朋友。诗歌是无价的，情意也如此；这些都是我非常珍惜的财富。

　　诗歌要干干净净，就像做人一样不能拖泥带水；一个不干净的人，写出来的诗歌也许貌似干净，但非常值得怀疑，因为写诗不能等同于演说。我始终以为，诗歌是一种活法，诗人写诗不可能不承载自己的生活元素，而且这些元素不能掺假。也许，因为诗歌，我的快乐有时会是莫名其妙的。在时间的长河中，诗歌记载了我的酸甜苦辣；生活的浪花，通过语言在诗中营造有着特殊意义的回味。

　　如果说诗歌是花朵，那么，诗歌必须深深扎根于土壤之中，也只有在土地上生根开花的诗歌，才能健康成长，才会有生命力。生命是一粒种子，诗歌也是，都离不开养育的土地。当我们的眼睛深情地注视生养我们的这块土地时，我们的内心就会充满感激，就会写出有生命力的诗歌；我们写出来的诗歌首先要能感动自己，然后才有可能打动别人，进而影响别人。

　　充满感恩，就会怀有对生活强烈的爱；一个热爱生活的诗人，在他的眼中，美好的事物能激发创作热情，缺陷的事物也会渐渐地美好起来。蓝天白云，溪流暖风，鸟虫鱼蝶，都可以成为歌吟的对象。因为，热爱是一股不竭的泉水，滋润着诗人的灵感。我的诗歌写作，不敢说每首都能触及灵魂，但我敢说每首都有我鲜活的人生体验。

诗歌，在我眼里是非常神圣的花朵，我从不敢轻慢或是亵渎她。暗夜里，与诗歌倾心交谈，我会将寂寞孤独的情怀，化为深情的吟唱。在诗歌的怀抱里，我会找到宁静安详，就像婴儿依偎在母亲的怀里。一切都可能消逝，唯有诗歌早已在我的心坎刻下不可磨灭的印记。理想和现实总是有距离的，有时甚至形成鸿沟，我时常用诗歌来寻找平衡；想象的翅膀会拉近理想与现实之间的距离。

无论是遭遇痛苦还是快乐，当需要倾诉时，我首先想到的便是诗歌。诗歌的含蓄，诗歌的多解，更适合表达情感，隐曲之衷可以相对尽情地表达。我们有足够的时间慢慢老去，而拥有诗歌相伴终生，这样慢慢老去的过程，会是很有诗意的，脉脉温情叫人流连。一个人面对自己，用诗歌记录心路历程，哪怕眼里蓄满了泪水，也会说出幸福与珍惜，说出此生的爱恋。

写诗吧，只要活下去，就坚持写下去——我常常这样自言自语。多年过去了，每天坚持写诗已经成为习惯，成为生活中最不能缺少的东西。远离了功利，写诗完全服从于心灵的需要，写作的快乐也仅仅在写作的过程之中——这是最简单的快乐，也是最受用的快乐。身后的事，谁都无法预料，只要活着时能够快乐，这比什么都重要。坚持写下去，这是我的快乐所在，我会时时鼓励自己……

似乎明白了些什么

　　人生永远充满着变数。写下这句话的时候，事物就已经发生了变化。此刻，我在想，我能不能预测下一刻的变化？从狭义的角度看，我似乎可以把握；但如果从广义的角度看，显然无法确定。个体生命相对于无限的时空，除了渺小还是渺小，我们的认知非常有限。

　　比如，我仅仅是只活在当下的某一时刻，在这一个时段试图和这个世界对话，寻找一些所谓的人生意义。可是，下一个时段是否属于我，我不能回答我自己。这不仅仅是生命本身难以确定。变，是永恒的；不变，仅仅是暂时的认知。

　　这绝不是故弄玄虚。因为存在着许多的不确定，会让我们与世界沟通时感到十分茫然，我们找不到生活以外的经验加以证明和判断。

　　现在，站在室外，摊开双手，掌心向上与月相对。站了许久，似乎什么都没有，其实不然。因为，此时的风，正从我的手心滑过，留下的那种感觉，仿佛转瞬即逝的昙花，需仔细琢磨方解个中滋味。那么，握紧双手，我握住了什么呢？是心跳，是一缕凉风，是满天的繁星，还是说不清的欲望？……摊开紧握的手，掌纹依旧，一无所有。

　　作为一个人，我们或许只是茫茫宇宙间的偶然产物，面对许多的必然和偶然，我们想弄明白一些事物，却发现很难。这不仅是因为这个世界本来就很复杂，更因为一些原本很简单的事情，在我们的生活中被人为地弄得很难。实际上，弄清楚那些玄妙的东西，对一个人短暂的一生来说，似乎意义不大，更不是必做的"作业"。

当然，这只是我的一孔之见，萝卜青菜，各有所爱。就像我喜欢躺在草地上，看头顶的云，或轻描淡写，或风起云涌，或优哉游哉，或行云流水……云，被风随意地切割着，又不断地重新组合，一切都是那么飘逸潇洒，又变幻无穷。那一刻，我真切地感到了美的感染、美的吟唱，体会到了一种人生的宁静、淡泊与永恒。

　　我非常钦佩一种叫"蜉蝣"的昆虫。这种昆虫的生命，只有短短的几天时间，这在人类看来简直不可思议！是啊，几天的时间能干什么呢？这样的命运，放在我们人类的身上，我想没有几个人能够坦然面对。蜉蝣明明知道自己的宿命，却能笑对命运的安排，快快乐乐地生活——自由自在地歌唱、寻找幸福的爱情、承担抚育后代的重任，然后平静地面对生命的终结——"挥一挥衣袖，不带走一片云彩"。蜉蝣真的很了不起，我常常对这种小生命满怀敬意。

　　写下这些文字的时候，早已是万籁俱寂。夜色如水，此时的夜以她特有的温情抚慰着躁动的世界，像慈母轻轻哼着摇篮曲，送我们进入梦乡。窗外，有人旁若无人地歌唱着——"谢谢你给我的爱，今生今世我不忘怀"。我们不要责备他，原谅他的宣泄。我们每个人都需要宣泄，只是时空不同、载体不同、对象不同而已。如果连宣泄的诉求都没有了，那才是真正的可怕。

　　还有几分钟，就是新的一天了。变与不变，会一直伴随我们的左右，我们依旧会带着隐秘的欲望，走在熙熙攘攘的人群之中。在这样一个逼仄的时代，有许多事情我们弄不明白；就是弄明白了，对我们的生活也丝毫没有益处，不是吗？

　　现在，我似乎明白了什么，又似乎什么也弄不明白……

异样的缠绕

写点什么呢？这是我坐在电脑前的一刹那间的困惑。

其实，这是多余的困惑。写与不写，无关紧要；至于写什么，则更是次之又次的问题了。

转过头，看窗外，雨后的天，依旧灰蒙蒙的，一副愁眉苦脸的样子。很搞笑的嘛，莫非老天爷和人一样，也有七情六欲，也有酸甜苦辣的滋味涌上心头？

老天爷回答，我喜欢干啥就干啥，关你屁事呀？真是吃饱了撑的！……

大概这就是自作多情的报应吧……什么"花溅泪"啦、什么"鸟惊心"啦，统统是人的自作多情，与动物植物的情感是不搭界的！

经过雨水的洗涤，花草倒是明显神清气爽了许多。那些翠绿欲滴的色彩，最让眼睛受用，赏心悦目却又不至于乱性，即便是在此时听到猫们声嘶力竭的呼唤，也能够心平气和地坦然处之了。也就是说，一场大雨紧接着绵绵的细雨，确实洗去了许多的烦躁和纷扰，让大地干净了不少，也让人的心灵澄净了许多。

写到这里，点燃一支烟——这个动作似乎是下意识的。随着烟雾的缭绕，心情也跟着有些缥缈。好像没有道理，可是的确如此，也许，这就叫作"莫名其妙"。

远方是什么？突然跳出这样的问题，既在情理之外，又似乎在情理之中。远方，该是看不见也摸不着，傻子都知道。可是……可是什么呀？远方虚无缥缈，远方却又寄托着无限的美好，因为期待、因为想象、因为相思甚至是一地的鸡毛，都让原本虚无的远方变得真实可触，变得实实在在。

远方，在这个秋雨菲菲的季节，在一个人的心头，有了异样的缠绕。

那边下雨了吗？想问一个人，还想问那边的雨水和这里的雨水有没有别样的滋味……写下这句话时，外面真的又下起了绵绵的秋雨，只是此时的雨，因风吹拂的缘故，看上去有点斜斜的，跳舞的感觉，很明显。

凉意袭人，沁人心脾的那种久违的快意，此时围绕在我的四周。茫然四顾，在秋天期盼春天的花香扑鼻而来，蜂鸣蝶舞，阵阵温馨款款而至，那该是何等的惬意、何等的让人情不知所起……

好了，午休的时间已到，该结束这毫无意义的絮叨。

睡吧、睡吧，在梦里、在梦里，谁会是谁的"唯一"……

一切都会走远

　　深秋，北京的夜晚有点冷，但不是刻骨的那种。风吹树叶，不是耳语，也不是风暴，而是酒逢知己千杯少的感觉。

　　昨晚朋友们真诚祝福的话语还在耳边回响，仿佛酒香仍在腹中萦绕。那些灿烂的笑容，该是尘世间最美的花朵，此刻在寂静的夜里渐次绽放。回味，让我似有陶醉的情怀涌上心头。

　　时间见证着我们所经历的一切，时间教会我们感恩。在时间面前，我们是永远长不大的孩子，时间更会让我们于不知不觉中老去。

　　我们有家，却时时会产生居无定所的感觉，就像我们的肉体时常不能容留自己的灵魂。漂泊，不仅仅是生存状态，还有别的不能言明的征兆横陈其间。

　　此刻的安静，我觉得有点不踏实，但又说不出为什么。不知为何，蒲公英的影像在脑海里挥之不去。

　　四海为家，但我们有时会失去家园。然而，当我们在温暖的家中享受生活的赐予，心却渴望着被放逐。远方，是一个令人神往的地方，为了远方甚至会奋不顾身。

　　此岸与彼岸，两个词语之间横隔着的不仅是一条河。天高云淡，眼前的雾霭不再是雾霭，一条宽阔的大路在脚下延伸。

　　黑暗中，星星是否闪烁真的不重要。我深信，只要心中有盏明灯，即便是在漆黑的夜里前行也不会迷失方向。

　　记忆有时真的很神奇，尽管我们期待遗忘，却时常陷入缅怀不能自拔，锥心的疼痛又会在缅怀的土地上生根开花。

回归夜晚给予的幸福和悲伤，超越一己的孤独，与自己坦诚相见。肝胆相照，不离不弃……

一切都会走远，一切会不会重来？……

乡愁是一杯烈酒

还有什么比这个更重要呢

　　稍有点年纪的人，大概还能记得这首诗：生命诚可贵，爱情价更高；若为自由故，二者皆可抛。这是匈牙利著名诗人裴多菲的诗，年纪很小的时候，就会背这首诗，但是对这首诗的真正理解，该是随着年纪的增长而不断加深的。裴多菲是我非常喜欢的一个诗人，年轻时常读他的诗，常为他诗中所营造的意境而陶醉，有一段时间，以背诵他的诗句为快乐之事。比如，他的那首《我愿是激流》，就让我百读不厌，我为诗人的激情所折服。

　　裴多菲在诗中，将自由的价值，放在生命和爱情之上，并且明确表明自己的立场：为了至高无上的自由，就是生命和爱情也可以抛弃，可以置之度外。这种伟大的气概，让人顿生敬意。在诗人的眼里，如果失去了自由，生命仅仅是躯壳，是没有思想的物体而已，与机器、动物、植物并没有什么区别。如果没有灵魂的自由，再美好的爱情，也仅仅是镜中花、水中月，是毫无生机的肉体组合……也许，我们一开始无法接受诗人这样的观点，甚至会认为他的这个观点有点哗众取宠。

　　无独有偶，古代的庄子，也是一个酷爱自由的人。传说，有一天庄子在濮水边上钓鱼，正好被楚威王派来的两位大臣发现，他们告知庄子，说是楚威王到处寻找他，要请他到朝中做楚国的宰相，并详细述说了楚威王是如何如何的敬重庄子，钦佩庄子的才华，千方百计寻访庄子，请庄子出山并委以治理国家的重任等等。庄子听后一点也不动心，仍旧握着钓鱼竿，反问那两位大臣："我听说贵国有只神龟，已经死了三千年了，楚王一直将它供奉在庙堂上。你们想那只神龟，是愿意死了被供奉起来，还是宁愿活在地上到处爬呢？"两位大臣都说："宁愿活着在地上爬。"庄子说："是啊！你们请回吧，我也宁愿在地上自由自在地走……"

庄子是我国古代著名的学者，他一生不求名利，向往无拘无束的生活。他的日常生活如此，精神世界也是任凭思想的翅膀自由自在地飞翔。幸好他拒绝了楚威王请他朝中为相的请求，我们在今天才能读到博大精深的老庄哲学，才有可能挨近他的光芒四射的思想，接受熏陶和教化。凡是读了《逍遥游》的人，无不为之振奋、为之心驰神往。当然，我们也得感谢楚威王，他能收回成命，尊重庄子的选择；否则，也就不可能有庄子的"宁愿在地上自由自在地走"了。

自由，自古以来人类一直在努力争取。有许多的仁人志士为了自由，可以舍身成仁；不为"五斗米折腰"的大有人在。有人不为官帽折腰，也有人为了官帽而可以不顾一切——包括出卖自己的肉体、自己的灵魂。趋之若鹜与避而远之是两种不同的境界，都是大有人在，只是我们已经见怪不怪罢了。

想到官场，脑子里便会跳出"紧箍咒"这个词。凡是当领导的，无一例外地同时扮演两种角色——领导者与被领导者，有"管"别人的快乐，也就会有被别人"管"的不痛快。这该是没有办法解脱的无奈——风筝飞得再高、再神气活现，还不是被一根线牵着？想那孙悟空，做齐天大圣时是何等逍遥自在，可是被唐僧"收编"戴上了好看的"紧箍咒"后，就完全变成了另外一只猴子了。没有触犯"天规"，可以自自由由一番，一旦稍有触犯，那唐僧就会毫不留情地念起"紧箍咒"，全不顾师徒之情，也丝毫不念及悟空的救命之恩。每每看见孙悟空被那是非不分的和尚念"紧箍咒"念得满地打滚的样子，心里还真是不是滋味。

自由，真的很可贵。看来，俗人很难进入那种真正意义上的自由状态。由自由，我又想到了翅膀，要想飞得很高很远，翅膀上就不能"负重"，只有轻装上阵，才有可能自由自在地飞翔。梦中的翅膀，

乡愁是一杯烈酒

可以依据想象翱翔；现实中的翅膀，要想按照自己的意志飞翔，恐怕还得排除私心杂念，向庄子等先贤靠近，用庄子的思想将翅膀上的"负重"清洗干净，然后直冲云天——扶摇直上九万里！

　　拥有生命和爱情，我们应该庆幸。裴多菲热情讴歌的自由和庄子描绘的那种自由自在的意境，更是我们的永恒追求。

舞蹈、诗歌与纯粹

舞蹈家邓肯认为，天底下最好的舞蹈家不是别人，而是卢梭、惠特曼和尼采，因为他们达到了单纯，"一个简单的祈求姿势就能够唤起千万只伸出的手臂，头向后简单的一仰，就可以表达出人们在酒神节上的激动。"

用此来对诗歌进行审美，也有异曲同工之妙。好的诗应该纯粹，纯粹到让人睹之有想流泪的感觉，有心欲碎之痛。诗不是说教，更不是流口水。如今诗坛上有的诗，仿佛是在撒尿。

在一首诗中，词语沿着一些曲线滑动，优美、自由，同时又有点不同寻常。诗说的是平常的事物，写景、写物、写人，都可以是再普通不过的。好的诗，就在于平常之中见奇崛。大家都看见的景、都产生过的想法，但你用诗的语言说出来，说得别人点头称是，这就是一种功夫。

诗需要完美，但太完美的诗，太像诗的诗，不一定是好诗。

生活是不完整的，犹如碎片。我偏好碎片，阳光下碎片发出的光芒，让我兴奋，也使我从中找到快乐。

在我看来，碎片的状态，更逼近生活的本真。生活是碎片，命运是碎片，作为主体的人，理所当然也是碎片。我们穷尽一生，就是在寻找黏合剂，将碎片黏合起来，使生活趋于完美。人是软弱的动物，又是易碎的物件。每个人都有破碎之处，每颗心也如此，就看你敢不敢面对，敢不敢在太阳下把玩那颗破碎的心。我甚至固执地认为，每

乡愁是一杯烈酒

一个写作者，他的写作都源于一个伤口，写作只不过在抚慰这个伤口以达到减轻痛苦的目的。如果在这个过程中，伤口旁开出了花朵，结出了果实，则是命运对你的一种额外的补偿。

　　写诗最大的目的，是让自己的心灵更接近生命的始我状态，在苦痛之中寻找生命的意义，为灵魂寻找家园，拯救堕落，引领圣洁。

　　诗歌能让我超越现实，在俗世的烦冗中找到安静的居所。诗歌把我逼得很高，诗歌给我的感觉，就是在梦想与现实之间不停地飞翔……

舞蹈、诗歌与纯粹

知心朋友

我喜欢在夜深人静时阅读。因为在万籁俱寂的状态下读书，会有一些奇妙的感觉不期而至。此时此刻，沉浸于书香，就会有心静如水的感觉；当一个人心无杂念，陶醉于书中营造的那种氛围，或笑、或哭、亦喜、亦悲……如同身临其境的感觉真的很微妙。

几年前，我在湖州的席殊书屋购得一书，名曰：《孤独之思——西方书人札记》，汇集了蒙田、雨果、尼采、培根、叔本华、萨特等一批哲人的读书札记。书是很精巧的那种，可以放在口袋里随时翻阅，但我依旧选择深夜阅读。这本书读了好几遍，且做了读书笔记，还在书的扉页写下这样一句读后感：有书读并能从书中找到乐趣的人无疑是幸福的。

书，是最知心的朋友，只要你愿意，它随时都愿意和你倾心长谈，愿意陪伴你度过难熬的或是快乐的时光。朋友会因时因利而改变，选择与书相伴，书不会改变对你的爱恋，除非是你自己选择了背离。

我的阅读，常常是在愉悦的状态下进行的。从书中认识世界，认识已知的或未知的世界。打开知识的窗口，就会让眼睛豁然明亮。这仅是读书的一个乐趣，我在书中寻找的是那种很优游的乐趣。我读书，从来没有那种呕心沥血的体验，因为我不是做学问的。享受读书的快乐，才能从另一个层面体验生活的乐趣。大凡读书是为了应付考试的，很难有什么快乐可寻，那种带有明显功利性的行为，会让快乐大打折扣。

我的阅读虽说散乱，但也是有自己的选择。比如，那些明星出的书，我基本排斥，因为我常会想到注水的猪肉——当然，这未免有些绝对。我相信这句名言："艳丽夺目的花朵所结的果实，也有可能是酸涩的。"还有，我对流行的东西，有着说不清缘由的抵触。大凡出版商极力鼓吹的热销书，我都是视而不见，此时，我很容易联想到卖狗皮膏药的。对于书，我还是相信那句老话：酒香不怕巷子深。

我很少看那些纯属消闲的书，就像我很少看电视，因为我觉得那是浪费时间和精力。"一切书籍所要实现的唯一目标是什么？无非是给人以鼓舞。"（爱默生）阅读一本好书，无疑是结识了一位可以倾心相交的知己；阅读这样的书，会觉得"每一页都会变得熠熠发光，意蕴无穷，每一句话都意义倍增。"（爱默生）那些富有智慧的启迪，让我受益匪浅；就是那些只言片语的思想火花，也可以看作是暗夜里的星火闪烁。

爱读书的人，才有可能离浮躁的俗世远一些，或者说能在一个恰当的距离审视当下的社会，并能按自己的价值评判找准自己行走的方向。

我常常选择在书房消磨属于我自己的时间，虽然有时免不了忙于一些应酬，但我会在随后的日子里，将被我挥霍掉的时间抓紧补回去。

安静的时候，适宜读书；一个人独处，更是读书的"良辰美景"。内心平静了，思想就会活跃起来，就会有一些稀奇古怪的想法冒出来。那些跑出来约会的词语，经过穿针引线，就有可能成为一首诗或一篇自以为有趣的小玩意儿……

生活是一门需要终生学习的艺术

　　人生是很现实的，平平淡淡，却又错综复杂。作为一个生命个体，是极其渺小的，面对强大的外部世界，会很有挫败感，会无所适从。我喜欢写诗，其中一个最直接的原因，是想借助诗歌这个平台，在这个氛围中营造童话般的世界，愉悦自己，在庸常中找到我所想要的那种美感。

　　可惜的是，我们的人生百分之九十是现实，而且是很冷酷的现实，只有百分之十是艺术世界，就是这样的世界也不是那么单纯、那么干净。我们的耳朵、我们的眼睛、我们的心灵，时常会被现实中的"杂质"所污染，除非我们有足够的定力去抵御这些侵蚀。有时，我们得学会用"第三只眼睛"看世界，去寻找梦想……

　　一只眼睛看现实——冷眼向阳看世界，一只眼睛看天气——阴晴圆缺自家知，只有第三只眼睛充满幻想，它看着梦，看日月星辰的梦，看人类上演的精彩纷呈的梦。第三只眼睛可以在黑暗中发现光明，在荒凉中发现清泉和美妙，发现爱和希望。有时，它在独自的狂欢的高潮之中看到眼泪和遗憾，也看见鲜花与荆棘。

　　我们在接近美的同时，超越了自我。与美同在，该是多么美妙和惬意。面对一幅绘画作品，线条的滑动，色彩的漂浮，优美、自由，在我的眼睛里总是那么不同寻常。将心血当作色彩，在孤独中走向艺术殿堂。冰雕不能拒绝寒冷，母亲不能拒绝阵痛，渴望突破的艺术家，不能拒绝在孤独中寻找创作的突破口。

我写作的对象，大多是平常的事物，写景、写物、写人，都可以是别人熟视无睹的。好的诗歌，就在于平常之中见奇崛。我不敢说我的诗歌写得多么好，但我会一直努力写下去，继续关注红尘微末，寄情于鸟语花香，在自然的怀抱，寻找放浪形骸的快感。我活着，我应该在快乐的氛围之中过好每一天的每一分钟。

不要为明天忧虑，而要为今天好好活着——这话说起来容易做起来难。因为，生活在今天的我们，不可能不为明天考虑。未来，是一个很美好、很有诱惑力的字眼，很多时候我们似乎是为明天而活着的。为了明天生活的美好，今天我们努力拼搏是值得的，不要忧虑。为此，就要降低自己的期望值，不要攀比，这是最关键的地方。

在现实生活中，会有许多的事让人愤愤不平，这是非常正常的。如果我们时常让心中怀有不平的心态，就很容易陷入痛苦的泥潭不能自拔。因为心中不平，就会有许多尖锐锋利的沙粒——妒忌、怨恨、烦恼等嵌进来，让理智失衡，就会使你原本幸福平静的生活打乱。这是得不偿失的事情，"眼见不见"可是门生活艺术，我们学习一辈子还不一定能掌握。

我突然想到了历史。所谓的历史，我理解就是你现在活着的这一刻。没有活着，再厚重、再光彩耀眼的历史，都是别人的。人活的是今天，是此时此刻的感觉。

人们往往感叹生活的不幸，却忘记了很多时候不幸的始作俑者并非生活。网上曾流行过对生活一词的解释：既然生下来了，就要好好地活着。这是非常有智慧的概括！生活中常常会发生一些意外，打断或者打搅了我们的生活，让我们产生困惑以及恐惧。所谓的意外，我以为，就是最自以为是的想法获得了最不可思议的结果。

享受生活，我们才会明白什么是生活。物质会使肉体下沉，如果没有把握好分寸，就很容易坠入"深渊"而不能自拔；精神则使灵魂不断上升，进而达到无欲则刚的境界，完全可以自由地安排自己的生活，而不受别人的左右。我就是我，我的生活我做主。若如此，该是多么快乐！

走自己的路，不必看任何人的眼色——这将是我终生的追求……

生活是一门需要终生学习的艺术

心灵独白

在这个物欲横流的社会，面对纷繁的人心与人性，为人率真的我，选择了诗歌作为我的好朋友。因为，这是一个童话的世界，是最美的时空；在这里，我可以自由自在地表达自己的内心世界，无须左顾右盼，也用不着察言观色。我渴望与单纯结伴同行。

距离产生美，这是放之四海而皆准的真理。站远了看，朦胧的感觉很好，看什么都觉得美，多是优点；站近了，就容易看到缺点。这几年流行的所谓的"审美疲劳"，也是因为距离使然。习以为常、麻木不仁，有时是很难区分的。距离，留给人想象的时空，也就留下了丰富的想象，而这时的想象，很容易是美好的。

选择诗歌，实际上就是选择了一种精神方向，选择了一种适合自己的生存方式与态度（当然，这是"提拔"了自己的精神境界），这与一个人能否成名成家实在没有必然的联系。写诗本身带给我的那种单纯的快乐，是其他任何东西都不能相提并论的。其实，写诗的快乐，就在写诗的过程中，至于发表和获奖之类的东西，仅仅是额外的短暂的喜悦而已。

一个人总是在成长、在渐渐地衰老，直至死亡完成一生的所谓的使命。再了不起的人，最后的归宿也就是一缕青烟。谁都想长生不老，可是谁都无法长生不老。谁都想拥有世间的财富，可是到头来都会撒手而去——赤条条地来、赤条条地走，再握紧自己的手，也是徒劳的。

人生苦短，人生时时面临挣扎。成长的过程中，充满了艰辛与蜕变，越是对心灵寄予很高期望的人，越是会感到成长过程中，那种自我挣扎的缓慢和悠长。疼痛，该是伴随成长与衰老最为贴切的体验。我们的神经很脆弱，总是被庸常的生活和生存的环境牵扯得很痛，伤感、无奈、焦虑……并设法寻求解脱的方法。一些人选择了死——长痛不如短痛，一了百了，无牵无挂——这无疑不是正确的选择！在琐屑的毫无诗意气息的生活里，永不绝望，坚守着自己对美好事物和美好情怀的追寻，营造属于自己的"诗情画意"，让自己短暂的一生，尽可能多一些快乐，少一些遗憾，这才是较为明智的选择。

　　一首诗或一篇文章，能被若干人认同，说明阅读的人在这首诗或这篇文章里，找到了自己想要表达的情怀，也许这里有自己生活或情感的影子。同样，一个故事，引发了一万个有故事的人的共鸣，不是那个故事雷同，而是伤口相似而已。一些人看悲情的电影电视，忍不住热泪盈眶，那是因为在为故事的主人公掬一捧热泪的同时，也想用滚烫的热泪，清洗一次自己的伤口，暂时为伤口消炎……

幽暗中的静

独坐幽暗，繁星点点，一钩弯月默默无语。乡野很静，甚至静谧得有些诡异，非有定力可能难以适应这样的静。幽暗中的静，像一张无形的大幕，一个人在幕后化妆，然后怀着忐忑不安的心情，等待大幕徐徐拉开。这时的舞台空无一人，台下也是如此。自己面对自己的夜晚，面对自己的心跳，会是何等奇妙！没有观众，更没有鲜花掌声，在自己的舞台演给自己看，而且是很卖力地演……

这样的时候，我不知别人会怎么想，就连我自己会想些什么，也不能说得清楚。我想到了乡野清晨草叶上的露珠，在朝阳映衬下的那种晶莹剔透般的唯美，美到让我想到"破碎"这个词。

朝阳冉冉升起，温煦的风吹拂着，暖意流遍全身，"活着真好"的感觉非常真切。也许，此时的死神就在不远处陪伴着我，关注着我，但我并不害怕，有些苍老的脸，反而被朝阳镀上一层金黄……蓝天、白云、飞鸟，都是美好的意象和图景，沉醉其中，觉得生活真实可感，疲惫的躯壳注入了新鲜的活力，放飞心灵，做一次彻底的飞翔。

我非常珍惜与自然的亲近，在自然的怀抱，人很容易回归到原我的状态，就像婴儿伏在母亲的怀里，一个真实世界似乎有了依据。太阳的味道，花草的味道，泉水的声音，鸟鸣虫吟的声音，组合成一个多姿多彩的世界。阳光中风的流动，修竹起舞，蜂蝶嬉戏忙碌，都是我乐意聆听的妙音，愿意看到的美景。

风声，这是我诗中常提及的意象。这是一种什么样的声音呢？想描摹风的声音由来已久，但总找不到最贴切的词语。或许，唯有立于大地，用肉体和心灵去感应风的歌唱，风的快意，风的风流……此时，我仿佛变成了一缕风，与风一起感受那种自由自在的快乐洒脱，甚至是放荡不羁般的狂野……

在风中很容易想到爱情。可是，什么是爱情呢？谁又能证明爱情？没有人能回答我，只有风声在我的周身萦回。我们赞美爱情，向往爱情，歌唱爱情，却又害怕爱情。这是一个令世人永远着迷、永远搞不明白的问题。缠绵——那种让人刻骨铭心的缠绵，该是爱情最美的状态吧？

我相信爱情，就像我深信死亡。爱情的神圣与圣洁，与死亡的庄严与悲怆，都是我们要敬畏的。卡夫卡说过："什么是爱？其实很简单。凡是提高、充实、丰富我们的生活的东西就是爱。通向一切高度和深度的东西就是爱。"这话需要反复阅读，才能理解进而接受。什么才能证明爱情呢？没有答案。

现在的阳光很好，幸福感很强烈，在这样的时刻所有的痛苦都会消减。享受是一个过程，就如现在的我，阳光照在脸上，暖暖的、麻酥酥的感觉，我可以想象成一双柔嫩的手，也可以看作蝴蝶从眼前晃过……这就是生活吗？答案是肯定的，而且是我想要的生活。我无须在梦中寻找什么，因为想要的都在眼前呈现……

冬雨敲打我思绪的船舷

今夜有些冷，从外面喝酒回来，坐在窗前听雨，别有一番情怀涌上心头。淅淅沥沥的雨，下着，敲打着能够敲打的物质。可是，在这个日益浮躁的世界，此时此刻，有谁能够静下心来聆听雨的心声呢？一夜冬雨，说不清的惆怅在寒冷的夜晚蔓延，我在谛听雨的呻吟，并试图明白滴滴答答的声音里的那一份清冷。

远方，犹如此时的雨夜，空蒙、寂寥。我试图寻找，可是，我寻找的究竟是什么呢？请原谅我不能说出来。一阵紧似一阵的雨的鼓点，让我想到了战马嘶鸣。战马，一个多么富有诗意的名词，在和平年代渐渐被人们遗忘。许多东西一天天面临消失，我们自己也会在一天天中消损——是的，消损，渐渐地消损。

这会让人觉得可怕吗？我不知道。在雨中撑一把伞，一个人信马由缰，自由飞翔的感觉，真好！雨，有些冷，酒精的热度，并不能减缓这样的冷。我下意识地裹紧大衣，望着寂寥的夜空一言不发。我能说些什么呢？又有谁能够在这样的氛围之中认同我的唠叨？没有，绝对没有！我已经习惯了孤独——今生我最忠实的朋友。

我明白，这样的情怀，注定与孤独为伴。不如此，我该怎么样？我是我的知音，我是自己的伴侣，就像我的影子是我最友好的朋友……雨，还在下，雨需要宣泄。我理解，这是雨的歌唱。雨，在期待与雪花的相逢，期待着那一场千年不遇的风花雪月。我，极目远眺，白雪皑皑，银装素裹。静，是很不安分的词语。

我想说，酒真是个好东西，它可以让人暂时忘却所有；酒又不是个东西，酒醒后，一切又会历历在目。为什么记忆会是那么刁钻古怪？想忘记的却忘记不了！人生的苦痛，没有一样不是与记忆休戚相关。难怪有人说，世界上最快乐的人其实是傻子。人们千方百计地追逐、算计，到头来都"不过如此"，不是吗？

　　雨，还在下，有几个人会关注雨还在下呢？听雨，需要一种情怀，需要安静的心灵。在这个夜晚，我相信自己已经排除了一切杂念，一心一意听雨吟唱，我更相信自己已经听懂了冬雨的诉说。遥望星空，不见星星闪烁，可是，星星依旧在我们的头顶照耀，并给我们一丝丝温暖。我想，这就够了，我的要求其实很简单。

　　哦，我是不是该休息了？休息，可以是暂时的，也可以是永久的。中国的语言博大精深，一词多义，会给人无穷的联想。此时，伴随冬雨的敲打，我想到的是人生苦短，人生只是一张单程车票啊！多么可怕！想到这里，我释然了许多，在死亡的面前，似乎多了一些所谓的平等和公正。我该休息了，真的……

在黑夜里仰望心灵的天堂

多年来，一直习惯在这黑夜里仰望心灵的天堂。在星空的注视下，裸露自己的灵魂，并写下零散的文字，算是对生命的记忆——有要留下的，也有想要忘却的。其实，这些都不重要，重要的是通过这种方式，来确定自己曾真实地活着。

卸下面具，也卸下所有的疲惫，把所有的痛苦与快乐赤裸裸地放进记忆的深处。然后，坦然地面对赤裸裸的自我——有优点也有缺点的真我。我不喜欢对自己求全责备，因为完全没有必要。人，活着本身就很累，自己就没有什么理由再和自己较劲，那样就会很没劲。当你觉得活得很没劲，你就不大可能会品味出生活的滋味。说得极端一点，没有滋味的生活，等于白白浪费了属于自己的唯一一次的生命。那是对自己的犯罪。

我最喜欢这样的状态：穿上睡衣，斟一杯最爱的美酒，在电脑上散漫地敲一些文字，哪怕是不咸不淡的文字。因为，现在我已经不在意写出的东西能不能派上用场，快乐仅仅停留在书写的过程之中，更不用在乎有谁窥探的目光在我的眼前晃来晃去。此刻我是透明的，包括透明下的隐隐的伤痛，我的快乐更愿意被人分享。这一刻，我只想把寂寞的思绪，释放在这黑夜的深处。有知音更好，没有，我就是自己的钟子期。

琴弦调好，我的技艺很糟糕，杂乱无章的表达，也是一种需要。

年华转瞬即逝，记忆的台阶布满苔藓。尘封的故事和熟悉的心事，在月夜细数磨砺的岁月。重温过去的日子里那些感动和遗憾，悸动的心有时不能平静。感叹过后，常告诫自己，一个人的需要其实非常简单：活着，快乐健康地活着，如果能为这个世界留下一些让人感动的东西，那就是很了不起了。当你得到了爱，就该想办法去回报，哪怕是微不足道的回报——你尽力了，你就可以宽宥自己。

徘徊的是撕扯的迷茫，蹉跎的是浩渺的彷徨。这是我所不喜欢的生存方式。我相信，当一些花散尽了清香，另一些花正在含苞欲放；黑夜来临了，黎明的曙光正在我们的前头斗志昂扬。我不愿固守着昨日的花期，错过了的，就永远是错过了，这正如泼出去的水。心情可以理解，更可以调理。生活是自己的，自己应该为自己找准生活的方向。

佛说：前世五百年的回眸才换得今生的一次擦肩而过。这讲的似乎是情感上的事。其实，并不完全如此。在人的一生中，这样的感觉会经常产生。情感如此、机遇如此、事业如此、快乐如此、幸福也如此……因为有了擦肩而过，才能提醒我们更应该珍惜生命中每一次邂逅的"缘"，善待别人，也善待自己。"我用了五千年的痴痴注视，为何依然只是短暂的相遇？"有些东西，往往是可遇不可求，就算是可求，也不一定能持久……

在黑夜里，仰望心灵的天堂，也许我早已分不清彼此的灵与肉。谁在遥远的地平线，用虔诚的力量呼唤着希望。我，辨不清来者的面容；实际上，我也看不清自己的面容。时间的钟摆，摇晃着岁月，也摇晃着处于自由状态中的我。此刻，我不会问"我是谁、我从哪里来、我要到哪里去"这样的愚蠢至极的问题。

黎明的钟声快要响起，我恋恋不舍地收回思绪，收回凝视心灵天堂的目光。

我要洗澡，然后干干净净地进入梦乡……

俗套的比喻

很多时候，能算是好的婚姻，恐怕就是将错就错恋爱时，很容易将爱情看得很神圣、很浪漫，比性命还珍贵；结婚后，才发现婚姻和恋爱根本不是一回事。从幻想的高空一下子跌入现实的深渊，很多人不能适应这样的快速转变，迷惘、踌躇、痛苦随之而来。聪明的人，会相信缘分，更会珍惜这份缘，淡化浪漫将爱情升华为亲情。

其实，婚姻就是过日子、说说话、做个伴。原来两个毫无关联的人，因为一纸契约住在了一个屋檐下，长相厮守中磕磕绊绊最为常见，审美疲劳同样在所难免。睁一只眼闭一只眼，夫妻的日子才有可能较好地过下去。最经典的莫过于两只刺猬的比喻：靠得太近了容易刺伤对方，离得太远了会找不到温暖——不远不近最好！可是，这样的"不远不近"的距离，谁能把握得恰到好处呢？

是的，"不远不近"的距离真的不是那么好把握的！婚姻是一双鞋，是否合适只有脚指头最清楚。好像这句话是著名画家黄永玉说的，细想很有道理。每家都有一本难念的经，每对夫妻的生活都无法克隆——酸甜苦辣自家知。不必羡慕别人，也大可不必抱怨自己的婚姻现状，因为这些都于事无补。既然如此，那就认命过好日子，付出总会有回报，先爱别人也爱自己。

婚姻说是寻找，不如说是命运使然——命中注定，幸福的和不幸福的都是命！记得在报纸上看过一篇文章，文中介绍当初冰心老人对铁凝说：婚姻不是寻找的，是等待——等待命中注定的那个人出现在你的眼前。据说铁凝等了很长的时间，终于等到了那个人。铁凝有耐心，她等到了自己想要的幸福。我们不一定有她那样的耐心……

一见钟情的情爱是存在的，因为男女之间的倾慕大多是情不自禁的，而且这样的倾慕起码在最开始时是真诚的；假如不是，这个世界就恐怕很难找到真正可以依恋的东西了。一见钟情能否长久，谁都无法预料，因为它可能种下的是鲜花，也很有可能是苦果，这主要是因人而异，说穿了还是命运使然。一切皆是天注定！

在对的时间遇见错的人，或者是在错的时间邂逅对的人，无疑都是痛苦的，我们会感叹命运捉弄人。谁都期待在对的时间碰到对的人，携手并肩、风雨同舟、恩爱一生。然而，结果有时恰恰与愿望相背离。新婚典礼上的那些美好的祝愿，让人感动的同时也让许多过来人唏嘘不已。爱情，你究竟是一种什么样的面目？相爱的人，常常不知不觉地走入迷宫。

墙内开花墙外香，大多用来比喻本单位本地区树立的典型，这与树立起来的典型是政治需要而人为地拔高有关，当然与人们的酸葡萄心理也是密不可分的。这句话用来比喻婚姻可能不恰当，但也还是有些意思的。"孩子是自己的好，老婆是别人的漂亮"，这是公众心理。如何才能纠正这样的心理呢？截至目前恐怕尚无医治的良方和"特效药"，也难以寻找到妙手回春的良医。

有人说，情爱是一种医治精神创伤的良方，而且认定这样的良方是非常有效的，无论心底的伤痕多么深重，爱之柔情终将使之愈合。我有点半信半疑。因为，情爱的药方在实际生活中可能并没有那么神奇。窃以为，情爱最多只能算作医治精神创伤的"按摩器"。解铃还须系铃人，病人最好的医生恰恰是病人自己。

学会爱人，才会被人爱，这在婚姻生活中尤为重要。然而，这样最浅显的道理，在现实生活中要实行起来似乎有些难。付出与回报，可能是最纠缠不休的问题，这样的问题有时却找不到解决的方案。于是，婚姻的天空常常"乌云密布"，爱情的江河常常"惊涛骇浪"。

结婚和离婚，是两个让人一言难尽的词语，它们承载着太多的人生苦与乐。

心心相印，恩爱到白头，共同营造属于自己的家园，相互搀扶走完人生之旅。这是我此时写下的祝福，敬献给天下所有的有情人……

哪里可买后悔药

因为喜欢阅读，我一向对书籍有着特殊的亲近感。我深信，书籍对一个人的一生具有潜移默化的作用。

阅读一本书时，我会将这本书看作是有生命的，好比和一位知己倾心畅谈。也许，我向这位朋友提问并希望得到答案时，他却不直接告诉我想要的明确的答案。后来，书读得多了，才慢慢有所领悟，书这位朋友不急于告诉我答案，是因为答案就隐藏在书中，就像一粒粒珍珠，需要我思考，去寻找一根"线"，将这些珍珠串成"项链"，这就是我要找寻的答案了。

当我花了一个多月的时间，将《公安腐败案例警示》一书读完，我对上述的想法便有了更深的确认。书中剖析的六十多个案例，尽管发生的时间、地点不同，涉案的内容不同，处理的结果也是因人而异，但是这些涉案的人在忏悔时，大都会感受到那句古老格言的力量：一失足成千古恨！他们大都后悔在人生的紧要关头，没有把握好方向，致使人生之舟被欲望的洪水吞没。侥幸、贪婪、疯狂……这些毒药，像蚂蚁一样撕咬着他们原本就很脆弱的心灵。堕落，就会由偶然成为必然，咎由自取也是情理之中的事情了。

"哪里可买后悔药？"我在想，这会不会是身陷囹圄的那些人挥之不去的心结？是啊！哪里能买得到"后悔药"呢？真药有得买，假药有人卖，毒药也可寻，唯独世上买不到后悔药！

一个人可以不信神，但不可以不相信神圣。……相信神圣的人有所敬畏。在他心目中，总有一些东西属于做人的根本，是亵渎不得的。他并不是害怕受到惩罚，而是不肯丧失基本的人格。不论他对人生充满了怎样的欲望，他始终明白，一旦人格扫地，他在自己的面前也丧失了做人的自信和尊严，那么，一切欲求的满足都不能挽救他人生的彻底失败。一个不知廉耻、没有道德底线的人，就会无所顾忌，再神圣的东西也敢践踏，再美好的东西也敢毁坏，而且内心没有丝毫不安。剖析这些贪官污吏，有哪一个不是怀揣着这样的心理呢？有哪一个在贪腐路上滑行时是知廉耻、有道德底线的呢?！

"最熟悉的东西，老是最不认识的东西。"（阿兰·佩雷菲特）"世间没有后悔药可买。"该是最熟悉的东西了吧？许多人却往往选择视而不见。"前车之覆后车之鉴"，为什么还会发生许许多多的"前腐后继"呢？贪欲不绝（或叫"欲壑难填"）、侥幸不灭，或许是一种可以接受的解释。一只猴子不可能同时摘走十只桃子，猴子明明知道，但是猴子并不能阻止自己的欲望且乐此不疲。人，有时也是如此。

"手莫伸，伸手必被捉。"陈毅的这两句诗可谓经典，道理浅显，无人不识。可是，仍然还是有那么多的人，在贪欲的支配下，将手伸得越来越长——贪得无厌！前面的人"手"被捉住了，并不一定能震慑住后面继续伸出的贪欲之"手"。这并不是说人不长记性，实在是贪欲这个东西太厉害了！

人生只是一趟旅行，在人生的尽头，每个人都将会一无所有。写到这里，脑海里突然冒出来那个古老的寓言：一只狐狸看到葡萄园里结满了果实，想到园中美餐一顿，可是它太胖了，钻不进院墙上的那个洞口。于是，狐狸三天三夜不饮不食，使身体瘦下去，终于钻进去了！饱餐了一顿，狐狸心满意足。可是，当它要离开时，又钻不出去了。狐狸也想继续留下来享用美餐，可是它毕竟害怕被发现而丢了性命。无奈，狐狸只好故技重演，三天三夜不饮不食。结果，狐狸出来的时候，肚子还是跟进去时一样。

由这个寓言，我想起了一句名言：上帝那里没有银行，每个人都是赤条条来又是赤条条地离去，没有人能带走自己一生苦苦经营的财

乡愁是一杯烈酒

富（包括不义之财）与盛名（浮名）。也许，《公安腐败案例警示》一书中的这些贪官污吏，也读过这样的寓言和名言，或许也曾有过激烈的"思想斗争"。然而，这个世界上的诱惑毕竟太多、太大，靠自身的免疫力是很难奏效的，更何况"借口"和"侥幸"这两样东西，就像风一样无处不在。本来这个世界就没有不透风的墙，而那些贪官污吏的道德之"墙"原来就是千疮百孔的，如何经得起"风吹雨打"？

"你什么都想拥有，你却什么都带不走！"这便是真理，明白了这个道理，也许就会真正懂得"生活最佳的方式，应该是最简朴的方式"。当然，这样的话，对那些欲壑难填的人来说，无异于对牛弹琴。

《公安腐败案例警示》一书中的那个叫赵林的贪官，在监狱中发出了这样的感叹："我后悔啊……自由比什么都宝贵，甚至比生命都宝贵。人一旦失去了自由，就失去了做人的尊严，活着如同行尸走肉。记住啊当官的人，手千万别伸，伸了就后悔莫及！"

"记住啊当官的人，手千万别伸，伸了就后悔莫及！"这是后悔药吗？我不知道……

哪里可买后悔药

马是闭着眼睛吃草的

一次，朋友问我："马在吃草时是睁着眼睛还是闭着眼睛？"我愣了一下，便想当然地回答："当然是睁着眼睛，就像我们人一样，哪有闭着眼睛吃饭的？"这位朋友大笑："错啦！是闭着眼睛，睁着眼睛吃草的肯定是瞎了眼睛的马。"见我疑惑，他解释说："马吃草时闭着眼睛，是因为马怕草刺伤眼睛，回答问题可不能想当然哦！"

"今天没有太阳"，在阴雨天我们对这样的话深信不疑，因为在这样的天气里我们看不见太阳，所以就从来没有怀疑过这样的说法。其实，太阳始终是存在的，而且正高悬于我们的头顶，照耀着我们，给我们温暖，只是我们没有亲身感受到太阳的存在就妄下结论。我们看不见太阳，太阳却依旧明察秋毫。不是我们视而不见，而是许多事物很容易被遮蔽。

谁相信广告，谁就是天下最大的傻瓜。这话我信，且举双手双脚赞成。在化妆品的广告里，那些明星就是仙女，脸上干净得连汗毛孔都不长；在方便面广告里，牛肉多得惹人垂涎……可是，那都是假的！美女的肉长得和你没啥两样，方便面里的牛肉用放大镜都很难找到——这才是真实的！由广告想到了其他，比如口号，比如台上人讲的话，比如信誓旦旦的诺言，比如"失去了你我就不活了"的海誓山盟……

流行的不一定是好东西，人们在上当受骗后，很容易接受这一观点，那是因为"实践出真知"。现在正在流行的感冒、前几年流行的非典，就连傻子也不会认为是好东西。有些东西就不一样了，比如被炒作了的出版物，因为盲从、轻信以及所谓的"粉丝"，这些书的出版，动辄几百万，很快就会像灰尘被风吹走……说这话时，我绝对没有酸葡萄心理，因为咱是平民，和那些大腕不是一个"阶级"。在我的书架上，很难找到被炒作得一塌糊涂的出版物，也不会有明星大腕写的东西占据位置。只是，每当新闻媒体在炒作某本书时，我就会心疼或者想哭，并不是为那些卖书和买书的人，而是想和那些被无辜砍伐掉且正在流泪的大树一起放声大哭。

"黑夜给了我黑色的眼睛，我却用它来寻找光明"，这是二十世纪八十年代最流行的一句诗。写这句诗的人，却在异国他乡睁着"黑色的眼睛"，举起雪亮的利斧砍下深爱的女人的头颅然后结束了自己的性命。这无疑是一出悲剧！今天，在重读这句诗时，不仅仅是感慨万分，我不知，这样的诗句会不会再次影响一代人？

还是回到马是闭着眼睛吃草这样的话题。马，无疑比我们人类聪明一点，马在吃鲜嫩的青草时，并没有被眼前的美食诱惑得忘乎所以，依然保持必要的警惕——虽然只是闭着眼睛，但有效地避免了不必要的伤害。面对突如其来的诱惑，人有时很容易轻信，容易甚至甘心上当受骗，这样的案例每天都在上演而且不会根除。这是人的悲哀，因为人在面对利诱时会显得过于弱智。

"睁一只眼闭一只眼"，和这个充满诱惑的世界保持恰当的距离，努力修炼"视而不见"的功力，眼前万物依旧，我们没必要费太大的力气去追逐身外的东西。"冷眼向阳看世界，热风吹雨洒江天"，我很喜欢这两句诗，并在平凡琐碎的生活中领略其中的意趣。

是啊，事情本来就是这个样子：简单、自然、明朗……

马是闭着眼睛吃草的

快乐其实很浅

快乐，其实很浅，有时越简单，就越能体会到快乐。对那些长寿的人做些总结，就会发现其中一个共同点就是喜欢过简单的生活，在简单的生活中享受那种很浅的快乐。深度的快乐，往往会伴随深度的痛苦。

有钱的人，不一定装作很有钱的样子；没有挣到大钱的人，倒是会装作很有钱的派头。所以，当我们看见那些穿金戴银的人，不要被假象迷惑，有钱千万别借给这样的人。

自由是最大的快乐，不需要什么投资，只需要你降低生活的标准，节制心中的欲望即可。比如，你非常在意头上的那顶帽子，那你就难免要仰人鼻息人，一旦仰人鼻息，就连呼吸都不会那么舒畅了，何来心灵的自由？

股变科，科变处，处变部……都在升格，许多人跟着快乐。升格的同时，不知有没有想过贬值的问题。就像物价上涨，你口袋的钱就自然地跌价了。感觉好有时并不一定是好事，人的快乐，有时是需要依赖自我麻痹的。

有很多的快乐是不需要花钱买的，比如清风明月会带给我们快乐，获得这样的快乐只需要我们拥有好的心境。有些快乐花钱也是买不到的，比如孤独的快乐、思想的快乐、情爱的快乐（花钱买来的情爱的快乐是要付出代价的，理当不在此列）……

表演，会给人带来快乐，这是毋庸置疑的，不然就不会有那么多

乡愁是一杯烈酒

人争先恐后地抢着表演。表演之后的痛苦，局外人是难以体察的。每家都有一本难念的经，每个人都会有难以示人的苦痛。我常常告诫自己：好好过自己的日子，没有必要羡慕别人的光鲜。

距离，是个神奇的东西，唯有恰到好处，才能凸显其无穷的魅力。有人形象地用这句话形容夫妻间的关系：夫妻就像一对刺猬，太远了，感觉不到彼此的温暖，太近了，就会"刺"伤对方，唯有不远不近的距离最好。可是，谁又能把握好那样的距离呢？美好的生活，有很多时候也是源于对距离的把握。

有人说，上帝是公平的，你信不信？我在回答这个问题前，先会问一下，有没有上帝？上帝是人假设的，那么，这样的公平也只能是假设的。但是，因为有了这样的假设，或许会让我们的心理获得些许的平衡，并可以在平衡之中获得暂时的快乐。所以，这样的假设，还是有存在的必要的。

宗教，是开在虚幻之上的花朵，所以她美丽，让很多人神往。如果没有这样的花朵的拯救，就会有许多灵魂会找不到依附。因为深信不疑的麻痹，可以淡化现实生活的痛苦，让自己的生活有希望之光在前头照耀，并充满快乐。

世上绝对没有完美的东西存在，容貌如此，友情与爱情如此，生活与人生更是如此。因为没有任何东西是完美的，人类才有了对完美的渴望和追求。不要刻意追求完美，因为你会失去快乐。每天拥抱生活、亲吻生活，而且只亲吻生活的嘴唇，千万别亲吻生活的牙齿……

寻找所谓的意义

　　人活着似乎是为了寻找一种意义，因为寻寻觅觅本身就让自己觉得是有意义地活着。为了这个所谓的意义，我们从小就接受了使命感这样的教育，我们努力拼搏，锲而不舍，奋发向上，都是为了这个意义。可是，到头来当我们觉得自己活得有些意义时，又往往会觉得这一切未免有些虚幻——因为，死亡正一天天逼近我们，这就是真实的人生，谁也无法逃避的人生。

　　"人生最大的遗憾便是终有一死"，周国平的这句话就像一个火把，照亮了我们生活的前程。这样的遗憾谁都无法避免，是天下所有人的遗憾。面对这样的遗憾，不同的人会有自己不同的选择，不同的选择同样会有不同的结果。生命真的太短了，不出现意外，也就是短短几十年，按天计算也没有多少时日可数，唯有珍惜才能算是对得起自己的一生一世吧。

　　珍惜生命，无非是为生命注入有价值的元素。什么是有价值的呢？不同的人会有不同的理解、不同的取舍。一个人的价值取向，对一个人的一生的幸福与否，至关重要。我们总想做一些流芳百世的事，但是这样的事情却很难做到。不虚此行、死而无憾，哪怕是流星，也想在夜空划出一道优美的弧线。这恐怕是为数不少的人的愿望。

　　许多时候会有许多的难以置信，偏偏让你看见，你该相信还是装作视而不见？两难的选择摆在面前，犹豫、彷徨在所难免。再聪明的人，也会有做糊涂事的时候，迷途知返不失为智者之举。生活常常会不按常理出牌，我们如何根据自己手中的牌去出牌，大有学问可学。滚滚长江东逝水，我多么想只是我呼出的一口气。因为呼出了这口气，就会觉得舒畅了许多，也会重新考量生活的质量之类的问题。

现在，有时想重新认识一下月光，却发现已经很难。虽然那时的月光或许和现在的没有什么两样，但是看月光的人的眼光已经大不一样。这就叫作此一时彼一时。就像认识一个人，随着时间推移，随着一些实质性的交往，会发现有许多不同。岁月流逝往往不易察觉，人有时候也会不认识自己。相信自己的眼睛，也要怀疑自己的眼睛。"生活就像万花筒"，这是我们读小学时得到的教育。

想到人总有一死，再多的钱、再辉煌的人生，都会觉得没有多大的意义。活着其实只是一个过程，快乐与否、幸福与否，只有自己才能真正感受到。许多的浮华，许多的过眼云烟，大多经不起时间的考验。再厉害的主，也熬不过时间，时间会让一切化为青烟，化为尘土。人生一世，草木一秋，只要真实快乐地活着就好。何必在意别人的眼神、在意别人的感受呢？

一个人如果对生与死有了彻悟，也极有可能走向消极悲观，"对酒当歌，人生几何"就是最显露无遗的心态——人生苦短，所以要及时行乐，过了这个村就没有了这个店。如今日益繁多的娱乐场所，为这样的人生提供了享乐的温床。"暖风熏得游人醉，直把杭州作汴州"，在温柔乡里醉生梦死，活得苟且。但是，这是别人的生活，我们没有指责的权利。每个人都有自己想要的生活。

诚然，如果是一个热爱生命的人，面对必须面对的死亡，除了坦然他会进一步考虑，该为自己短暂的一生留下一点值得回味的东西，虽不至于青史留名，但依然会让自己欣慰，也让自己的子孙后代多一些安慰甚至骄傲。与其刻意追求生命的长度，莫如给生命增加厚重的深度。当然，生命无论长短，死后终将归于虚无……

由一则寓言引起的换位思考

前不久，看到一则寓言，情节虽简单，但记忆犹新，题目叫《两只老虎》——

有两只老虎，一只在笼子里，一只在野地里。

在笼子里的老虎三餐有人专门伺候，吃香的喝辣的，无忧无虑；在外面的老虎寻食虽然辛苦，但却自由自在。两只老虎经常在一起进行亲切的交谈。

笼子里的老虎总是羡慕外面老虎的自由，而外面的老虎却羡慕笼子里的老虎安逸。一日，两只虎又进行交流，一只老虎对另一只老虎说："兄弟，咱们换一换生活环境，如何？"此话正中另一只老虎"下怀"，这只老虎连忙表态："好的呀，兄弟，咱们换一换……"。

于是，笼子里的老虎走进了大自然，野地里的老虎走进了笼子里。从笼子里走出来的老虎，高高兴兴，在旷野里撒开蹄子狂奔，心情别提有多舒畅；走进笼子里的老虎也十分快乐，因为它不用再去劳碌奔波了，更不用为食物而发愁。

可是，好景不长。没多久，两只老虎都死了。原在笼子里的老虎获得了自由的快乐，却没有同时获得捕食的本领，结果被活活饿死；原在野地里生活的老虎，虽然获得了安逸，吃喝有人伺候，却没有同时获得在狭小空间生活的心境，结果郁闷而死……

这虽是一则寓言，却留给我们很多的启示，而我想得最多的就是如何换位去看待周围的人与事。比如人们常说到的幸福，何为幸福却是因人而异的事情。许多时候，人们往往对自己的幸福熟视无睹，而觉得别人的幸福很是耀眼、很是光鲜。殊不知，别人的所谓的幸福也许对自己并不合适，更有甚者，在你看来的别人的幸福，也许正是自己的痛苦乃至坟墓。

多年前见诸报端的一个真实故事浮现眼前：说的是某地一位老师因教学成果突出，上级领导和组织部门为了显示对人才的重视，决定破格提拔他到教育局当领导。该老师听说后找到领导，陈述自己不适合当领导的理由。但是，上级领导和组织部门按照自己的逻辑，还是提拔他到教育局当领导。这个老师无可奈何，只好到新的岗位任职。然而，新的工作岗位的要求以及他根本无法领悟的潜规则，让他感到的无所适从，可以用心力交瘁来形容他的生存状态。不到半年，原先那个朝气蓬勃、那个充满自信、那个才华横溢的老师，变得萎靡不振，变得郁郁寡欢……最后，他不顾领导和亲朋好友的劝阻，坚决辞去现职，回到原来的工作岗位。重新站到三尺讲台，那个原来的他很快再现。当年的媒体采访他，他说过这样一段话：每个人都应该有一个合适的定位，三尺讲台就是我的最好的岗位。面对孩子们清纯的目光和渴求知识的心灵，我会觉得自己很快乐——这是简单的快乐，也是没有负累的快乐……

读过钱钟书《围城》这部小说的人，都该知道他对婚姻的那种精妙的比喻。"围城"——还有什么比喻能超过它呢？至少，我想象不出。笼子里的鸟和笼子外的鸟，与上面的那则寓言有异曲同工之妙。结婚、离婚、再婚、单身，都在阐释婚姻的"话外音"。什么是婚姻？问世间谁能为它下一个最准确无误的定义？

"换位思考"，这是我读了这则寓言得到的最深刻的启示。当你为别人的幸福而羡慕的时候，当你对自己目前的生存状态不满意的时候，当你正遭遇你认为十分痛苦的事情的时候，当你为许多困惑所烦恼的时候，当你想入非非或蠢蠢欲动的时候，请你读一读上面的这则寓言，做一次换位思考。或许那时，你就会有"柳暗花明又一村"的感慨，你会为自己的拥有而欣慰，你会为自己平淡的人生而自足，你会重新理解祖先留给我们"舍得""取舍"这两个词时的那份智慧……

聪明本身没有过错

聪明的人，会讨人喜欢，也会招人讨厌，这要看聪明的人如何运用聪明的智慧。而装聪明的人，或者自作聪明的人，肯定会让人不舒服，这或许就像拉不出屎却会不停地放屁一样让人难受。

每个人的能力是不尽相同的，某一方面有特殊的专长，往往在另一方面就会显得较为迟钝——这或许就是所谓的顾此失彼。其实，这很正常，人与人之间是有差异的，不承认这一点，是极为错误的。作为一个组织，对于人才的使用，更要注意人尽其才，物尽其用。可是，在现实中，那些手握"生杀大权"的人，要么不懂，要么就是揣着明白装糊涂，"人尽其才"在许多单位成为"神话"。这里面其实也涉及聪明与不聪明的问题。

快乐的情绪，对于一个人的生活尤为重要。快乐与否，会决定一个人的生活质量。拥有金钱和权力，如果不快乐，所拥有的这些东西就会变得没有价值。一个人如果觉得自己活得没有价值，就很容易产生消极的情绪，甚至会厌世轻生。明白了这一点，对那些我们以为很风光的人，就会多一些宽容；对那些选择轻生的人，也会多一些理解。聪明的人，会选择快乐地过好自己的每一天，不和人争长论短，只注意过好属于自己的日子。

如果你在工作中遇到了不懂装懂、自以为是的上司，那会是一件苦不堪言的事。因为，这样的上司，明明没有什么能耐，却偏偏要装出很有能耐的样子。比如写文章，你若先去请示上司该怎么写，他

（她）说不出个所以然来，可是当你写好了请上司"斧正"，上司就"文思泉涌"了，对你的文章进行左右前后全方位的"指示"。然而，当你按照上司的指示去修改再送审时，上司又会有新的"发现"了，自然又有新的指示……我遇到过，我的朋友中也有这样的遭遇。若如此，只能一言难尽、自认晦气！

聪明本身没有过错，有错的是对聪明的理解和运用。聪明，有时是和自信联系在一起的——过分感觉良好，就是因为过分自信的缘故；有时又会和夜郎自大紧密相连。真正聪明的人，其实是一个虚怀若谷的人。

小人物，也有机会上大舞台；大人物，也会经常做小动作。这些，有时与聪明有关，有时只与命运对接。

再聪明的人，也会有愚蠢的时候。等到从愚蠢的泥潭中走出来，或许就会对聪明这种东西有了更清醒的认识。同样，再愚蠢的人，也会有聪明的时候，哪怕是小聪明，也会让人眼睛一亮。

聪明的人，也不能完全战胜自身某些弱点，而往往正是这些无法战胜的东西，左右了他的命运。

活出自己的精彩

哲人说："你的心态就是你真正的主人。"伟人则云："要么你去驾驭命运，要么命运驾驭你。你的心态将决定谁是坐骑，谁是骑师。"这两句话够人玩味一辈子，而大多数人不一定能真正明白其中的奥妙。说说容易做起来难，人最难驾驭的还是自己。知人难，知自己更难！我们每天都看见自己的掌纹，可谁能知道它要告诉我们什么？

人这一辈子要走的路很多，也很长，有平坦大道，也会有数不尽的坎坷泥泞；要面对一些春花秋月，也会在静静的角落黯然神伤。心态的好坏，不仅仅决定人生的轨迹，更重要的是还决定你这一生是快乐多于不快乐，还是恰恰相反。人生苦短，道理浅显，幸福的底牌很多时候就握在自己的手中，就看我们如何使用，打好属于自己的"牌"。

我们的生活状况，其实是我们的心境对外部环境的反映，从某种意义上讲，有什么样的心境，就会有什么样的心情。比如说，公职人员如果和普通老百姓住在一起，就很容易找到作为公职人员的优越感；如果和高官或大款住在一起，就很容易产生失落感，进而愤懑。人不是生活在真空中的，很容易拿别人的生活做比较，或许这只是"条件反射"。

拿自己的生活和别人的生活做比较，这是最普遍的情况，每个人都会有这样的经历和感受。和别人比，比的是"横向"，往往拿别人的"优势"和自己的"劣势"比，就会"人比人气死人"；自己和自己比，是"纵向"的比较，人总是不断进步的，而且是同时代一起进步，这样就容易找到"自己比自己，天天都欢喜"的快乐。

我这样说，绝不是阿Q精神，而是我自己的生活体会。而今，我已早过"知天命"的年纪，更应该明白自己今后的路该怎样走，该持有什么样的心态去面对日益精彩也越来越看不懂的世界。不需要"借一双慧眼"，只需安静做自己喜欢做的事，安静地享受命运赐予的体验。别人有别人的世界，我有我的世界，人与人只是"平行线"，不需要刻意"相交"。

哦，生命来之不易，生命本身就是奇迹！几十年的生活告诉我，一个人要想生活得幸福，就不能总把目光停留在那些消极的东西上，那只会使人沮丧、自卑，徒增烦恼忧伤，还会影响身心健康。这样最直接的后果，就是你在生活中本应有的光辉很可能被失败的阴影遮蔽，该有的成功，也会被自己的闷闷不乐慢慢地"扼杀"。

既然如此，我们为什么不选择积极的心态，去面对自己独一无二的人生？日子是一天天过去的，每一天心情的好坏，累加起来就决定了你这一辈子是否快乐。一个心态好的人，一个乐观向上的人，即使在乌云笼罩下，也会充满对美好未来的期待。没有太阳，他会给自己营造一个太阳，让自己快乐也带给别人快乐。

"性格决定命运"，这是我们常听到的哲思妙语；"心态决定生活质量"，这是我的粗浅体会，愿不揣冒昧说出来与朋友分享。每一个人都是活生生的，他的人生也该是与众不同的。有些东西可以克隆，而生活是不可以克隆的，否则，这个世界就会千篇一律，我们就看不到精彩纷呈的世间美景了。

人，应该活出自己的精彩，那是属于自己的、没有什么遗憾的精彩！

感谢祖先的发明

　　我们的祖先真的很了不起，他们的一些发明，让后人受益无穷，也让今人自愧弗如。比如，我们的祖先发明了麻将和扑克牌（也有说扑克牌是外国发明的，我宁愿认定是咱祖先发明的，最起码那些花样翻新的玩法，老外绝对没有那种智慧），其他的妙用，咱先不说，单就这两件工具，就让国人在牌桌上与"雀战"中找到了快感、找到了自信，甚至找到了另一种人生。仅此，我们就该对我们的祖先叩谢再三才是。

　　我们可以想象，如果没有这两样发明，我们的日子尤其是那么多的时间，还真的不知该如何打发掉呢！你能指出另外一条让人更快乐的路吗？我肯定不能，所以我要对祖先的发明肃然起敬⋯⋯

　　去年夏天到宁波开会，主办方安排参观天一阁藏书楼，据说这是天下第一藏书楼，那气势恢宏的建筑，的确与众不同。不过，留下深刻记忆的倒是藏书楼内的那座麻将陈列馆。在陈列馆里，藏有古今中外的各式各样的麻将，看得人眼花缭乱，也看得我如痴如醉。据介绍，麻将的发明者系宁波人的祖先。宁波筹建麻将馆，我猜想也该是缘于自豪与骄傲的心态吧。不是为了显脸，换句话说叫作彰显魅力，傻子才会做那种赔钱的买卖呢！

　　展馆外面有一铜制雕塑，是一张麻将桌，三方各围坐着一个人。坐在正前方的是麻将的发明者，只见他身着长袍马褂，梳着长辫子，一手轻握水烟壶，另一只手正准备摸牌，一副洋洋自得的神情；坐在他上手的据说是个西洋人，下手则是一个东洋人，再看那两人的神态，要么紧张，要么焦虑；还有一方空缺，这大概就叫作"三缺一"吧。见此情景，我不由得嘿嘿一笑，坐下来摆了一个姿势，与他们一起鏖战，来了一个"关公战秦琼"呢！我同时相信，凡到此一游的游客，大都会有同样的"雅兴"，也许，这就是智慧吧。

由麻将的最基本的技法，想到了国人的为人处事之道。有人曾形象地比喻，说中国人为人处事的做法，极具麻将技法的神韵。一开始我并不明白其中的道理，因为我不会打麻将，后经高人点拨，方恍然大悟，连连点头赞许。因为，这种说法太形象、太精妙了！至于为何说它形象与精妙，各位看客不妨仔细琢磨，或者"下水身试"，便会豁然开朗，所以，请原谅我不在此鹦鹉学舌了。

与此对应的是，有人说日本人处事像打桥牌，而美国以及欧洲人的处事法则倒像下围棋。这是十多年前较为流行的一种说法。一些领导和学者，在讲话或讲课时，常喜欢引用这种说法。由此，我想起了多年前读过的柏杨的名著《丑陋的中国人》，里面有这样的话，始终难以忘怀：一个中国人是一条龙，三个中国人则是一条虫；一个日本人是一条虫，三个日本人则是一条龙……可以毫不夸张地说，老先生的这番话，深深地刺伤了"我的中国心"！我想，与我有同感的人，一定不在少数。

再说扑克牌。54张纸牌，竟有那么多种玩法，竟有那么神奇的妙用和魔力。祖先的发明，加上后人"前仆后继"地发扬光大，扑克牌的技法，定叫那些洋人望尘莫及、心悦诚服；也让我等着实喜欢和自豪了一把！"牌如人生"，这是拥有大智慧的人总结出的哲思妙语，也让我们在玩牌时找到了一个很好的借口与冠冕堂皇的理由。仔细一想，这番话真的很有道理。各位不妨在玩牌的同时体会人生的哲理。比如，抓到一副好牌，如何打得更好一些，这好比人生处于好的状态；如果抓的是一副不好的牌，那该怎样尽可能出好手中的每一张牌，尽可能争取好一点的结果，这就像人生处于低谷一般的道理……嘿嘿，别以为打牌仅仅是娱乐而已，其实，这里面的学问可大着呢！

记得二十世纪八十年代中期有句顺口溜，叫作：十亿人民九亿赌，还有一亿在跳舞。此话虽然极端了一点，但还是从另一个侧面反映了当时的某种状态。时过境迁，回想这句话，我只能报以嘿嘿一笑。换句话说，如果不是这样，你叫那么多的人，如何去面对难以打发的那么多的空闲的时间？中国有句古话，叫作"无事生非"，这绝对是不利于和谐社会的。虽然，现在打发时间的场所和方式多了起来，比如洗脚、唱歌、喝茶、游戏、桑拿等等，但是，还没有哪一种方式可以替代扑克麻将，更何况刚才所说的那些娱乐方式，并不是都适合咱小老百姓呢！

呵呵，以上的这些胡言乱语，不知是否冒犯了祖先，也不知是否触动了哪些人的神经……就此打住吧，如果真的冒犯了，还望海涵……

做欲望的主人

　　有人著文将欲望批判得"体无完肤"，说欲望是一切祸害的根源，对此我不赞同。从某种角度看，欲望是推动社会进步不可或缺的动力，欲望像一只无形的手牵引着人们向前走。任何一个人，都无法彻底摆脱欲望而生存。但是，要想活得洒脱，活得轻松自如，活得更为真实，就要摆脱欲望的束缚，不做欲望的奴隶。

　　做欲望的主人，这话说起来容易做起来难。因为欲望的"牵引力"太大，俗世的人常常难以抵御欲望的诱惑。金钱、权势、美色等，无不是勾人魂魄的"魔鬼"，活着的人必须有特别的定力才能与之进行"持久战""拉锯战"。欲望有时真的恰似魔鬼，让我们心智大乱，将幸福赶出门外，将痛苦烦恼拥入怀中。

　　你正握在手心的东西就属于你吗？答案不可能是绝对的肯定。一次与一位搞收藏的朋友谈及这样的话题，他认为收藏者只是一个"保管员"，收藏的快乐如果是建立在占有的基础上，那么收藏者是不会有真正的快乐的，我深以为然。当我们想到人只是一个过客，或许就会减少占有欲，让别人分享快乐就会让快乐增加。

　　人们对没有得到的东西容易耿耿于怀甚至痛不欲生，而对已经拥有的东西不一定珍惜，或因为得到了害怕失去而饱受折磨。人很聪明，有时却会聪明过头，最明显的表现就是我们拼命追逐，却不明白自己到底需要什么。"茫然随波逐流"是一句歌词，却将人们的心态描摹得很形象。做物质的奴隶，很难有快乐的心境。

做欲望的主人

在物欲横流的社会中，人们评判一个人成功与否，常常以占有（控制）多少物质来衡量。现在的人，大都很现实。可是，人一旦很现实，就很容易成为物欲的奴隶，也很难找到美好的风景。

在通往成功的路上，其实会有许多不同的风景，而非仅仅是金钱和浮名。轻松上路，在短暂的人生旅途上行走，一边耕耘播种，一边欣赏沿途的美妙景色，以平和的心态，面对各式各样的人生境遇，做真实的人，一个有独立人格的人。坦然面对最终的归宿，在俯仰之间能够多一些无悔和尊严……

种豆得瓜

　　有些人总是会轻易地忘记自己得到的幸福，而为了没有得到或失去的东西而痛苦，这样的人即使取得了成绩，也是一个失败的人。不懂得珍惜与感恩的心灵，是一定会逐渐枯萎的。

　　八年前的西藏之旅，让我对幸福与生活有了全新的认识，也可以说是此次的远行，让我改变了对人生的许多看法，比如对得与失、宠与辱等有了深一层的理解。简言之，似乎有了彻悟的味道，虽未达到脱胎换骨的境界，但随之而来的生活态度，还是发生了明显的变化，这种变化是由内而外的，是积极向上的。那年，我出了一本诗集，取名叫作《缅怀岁月的激情》，其中有一集写西藏之旅的感怀。西藏的蓝天白云，在我心中留下了不可磨灭的印痕。袅袅的烟雾、低沉的诵经声，将我的肉身洗涤了一遍。真的，我像变成了一个人似的，这些变化是循序渐进的。内心充满禅意，迷茫的眼神开始澄明起来。

　　我的生命中，曾有过一段当老师的经历。三尺讲台，让我找到了人生价值的另一种体现方式，学生的笑声和掌声，让我体验了被肯定的快乐与幸福。"学生是老师的衣食父母"，这是我当时的信条，为此我不敢懈怠，精心准备好每一节课，与学生交流对生活、生命、理想、幸福的看法，努力扮演好"解惑"的角色。几年过去了，遇到这些可爱的朋友，他们常对我说起听我讲课的事情，并能记住我的一些所谓的经典的"胡说八道"，这让我很感动。

　　有一件事让我很难忘怀：前年秋天，在下班的路上，接到一个电话，他告诉我他是金华市公安局的，在湖州参加军转干部培训班时听过我讲的《领导科学》这门课。他说他听了我的课，受益匪浅，按照我的"教导"取得了明显的进步，我送给他的那份讲课提纲，他一直保存着。这次全省的军转干部培训班在金华举办，领导安排他去介绍经验，他想用我送他的那份讲课提纲。我们就如何上好课交换了看法，近一个小时的长谈，我的朗朗笑声引得路人侧目。我只顾沉浸在快乐之中，别人的眼色视而不见……

以前讲课时，我曾就"得失""舍得"这样的话题，来阐释人生的要义，学生的掌声曾让我自鸣得意。现在回想起来，那是多么浅薄。那时，我对这两个词的理解，充其量只能算是粗浅的。从西藏回来，我对"得失"与"舍得"有了更为深刻的认识。我们的祖先真的很伟大，仅这两个词就够我们领悟一辈子。

幸福始终是一种感觉。幸福与否，在于自己内心对幸福的感知。"人比人，气死人"，这是老话，却说出了真理。很多人原本生活幸福，却觉得不幸福，其中一个很重要的原因，就在于同别人比较后产生了不幸福的感觉。有的人享福不知福，对围绕身边的幸福视而不见，既不珍惜，也不懂得感恩，觉得一切不过如此，一切的一切都是理所当然的。这样的人，容易抱怨别人、抱怨生活，仿佛所有的人都欠他似的，弄得自己心情不好不说，还扰乱了别人正常的生活，自己不痛快弄得别人也很不爽。

其实，生活是自己的，正如路需要自己一步一步去走。幸福，是细小甚至很琐屑的东西。比如，在经历了暴风雪的侵袭后，此时的阳光照在身上暖洋洋的，我们在享受这温暖的时候，幸福的感觉油然而生，那么，我们就应该感恩，感谢太阳的照耀，感谢"活着真好"！这几天，不断收到朋友的问候和祝福，这浓浓的情意围绕着我，让我感恩友情的同时，也在思考如何让活着变得更有意义，如何更好地回报朋友的盛情。

今年除夕，照例是几家人团聚。席间，哥哥的岳母夸我，大家都有变化，就你一点都没有变。我明白，她是指我的容貌。其实，这是不可能的。去年，我经历了父亲病逝的伤痛，一直在"疗伤"，曾经的青丝，渐渐变成白发……没有变的，该是始终"笑着面对每一天"的心态，是好好活着的信念。人生一世，草木一秋，人不能对不起自己的生命，莫负多情的时光。我在警校曾开设《心理保健》这门课，既是讲给别人听的，更是讲给自己听的。年龄会一天天变大，心却要永葆青春，因为"哀，莫大于心死"。而要让自己幸福快乐、永远不老，珍惜幸福、懂得感恩，是最容易学会的方法。

"滴水之恩，当涌泉相报"，该是做人的座右铭，也是做人的道德底线。不知感恩，就不能体会到生活的快乐。"种瓜得瓜，种豆得豆"是永恒的真理，时间无法使之改变。

这是一个不安分的时代

当下的时代，是一个极不安分的时代。人们满足于追逐，看不清未来，也不想看清所谓的未来，因为许多的人不相信未来是一个很确定的目标。

及时行乐，应该是一个很明确的贬义词，如今却成了人们行事的"准则"。今朝有酒今朝醉，似乎变得很时尚，很深入人心。

一个不安分的时代，也许会"精彩纷呈"，让人眼花缭乱。然而，当一阵狂风暴雨，剥去了"精彩纷呈"的油彩，我们会看到我们极不愿意看到的那一幕幕丑陋的画面。

当人们不明白生存的意义，或者说根本就不在意所谓的人生意义时，生命往往会只剩下旺盛的肉体，而本该轻盈的灵魂，却找不到皈依。我不知道，这是生命的幸运，还是生命的悲哀？

有时，面对生存的环境我们会无所适从，会有沉闷甚至窒息的感觉。那是因为我们的修行还不能适应生存的环境，在生存环境面前，我们会显得很无知、很无措。

身处这样变幻莫测、动荡不定的时代，我们作为很弱小的个体，还要不要追问自己："人活着到底为了什么？"也许，有人看到这里，会说正在写这样文字的人，要么是一个与世隔绝的"理想主义"者，要么就是一个不谙人事的白痴。

"人活着到底为了什么？"我想，就像那句名言：一千个观众，就会有一千个哈姆雷特。每个人都会有自己的追求，每个人的奋斗目标都会打上只属于自己的印记。活着，是一种生存状态，可谓一言难尽。我们在羡慕别人的同时，也许正有人羡慕着你的活法。

今年年初，拜读了稻盛和夫的名著《活法》，一共三册。据称，这是一部风靡全球的超级畅销书，让无数人在迷茫时代找到活着的意义。读完全书，虽不敢说从此找到了前进的方向，找到了生命的意义，但至少让我在混沌的世界里，看到了曙光，在接近真理的同时，感到了活在真实世界里的放松。

很久以前，读过这样的句子，就再也没有忘记：能闲别人所忙者方能忙别人之所闲。起初未能明白其中深意，随着时间的推移，尤其是在经历了人生的变故后，似乎有了更深的领悟。

"舍得"酒的广告词写得很好，有舍才能有得，能在取舍之间游刃有余的人，才是真正的智者，才能对生命的活法"明察秋毫"，进而活得潇洒自如，宠辱不惊……

闲话目的

人活着，总会有各种各样的目的。

换句话说，人世间凡是活着的人，或多或少总会带有某种目的而存在于世，不带有任何目的生活的人，估计会很少。即便那些遁入空门的人，只要活着，就会有自己的目的。我无法想象，一个不带有目的的人如何能生活下去。

我不妨班门弄斧，或者"自说自话"式地对"目的"一词，做一些胡说八道般的解析："目"，就是树立在眼前的靶子，忽远忽近，忽明忽暗，但必然会有那么一个"目"在前方指引着我们，鼓舞着我们，这或许就是所谓的人生意义。"的"，就是"箭镞"，是我们射向"目"的锐利武器；如果光有"目"，而我们没有"的"可供自己使用，那就只能眼睁睁地看着"目"诱惑着，我们却只能望洋兴叹，坐失良机。所以，"目的"一词唇齿相依，不可分离。

人生需要目标——目的，这是不言而喻的。那么，是不是目的越多越好呢？答案可能是不确定的，因为这会因人而异，更何况对目的的选择也会"百花齐放"。有的人喜欢确立多种目的，并在追逐目的的过程中找到成功的喜悦和快感；有的人，力有所不逮，不可能搞"千帆竞发"，会审慎选择自己的所爱，长时间坚持下去，也乐在其中，并不在意有没有功成名就。当然，人出一百，形形色色，大都是各自怀揣着自己的目的上路，也即走自己的路，让别人去说吧……也许正是因为人选择目的的多样性，才使得这个世界无比精彩。

如果我在这里对世人说："人，生下来的目的，就是为了死，活着只不过是在一天天消磨走向死亡的时间。"我想，我肯定会成为千夫所指的神经病！虽然大家都明白，从生到死的那个过程说长也长，说短还真的很短暂；虽然都十分明了，不管你多么风光，多么有权有势有钱，也拒绝不了阎王的盛情邀请，不得不去喝他早就为你准备好的孟婆汤……

这话有点扯得远了，也不会讨人喜欢吧，那就就此打住！

我对目的的选择，一开始也是很懵懂的、甚至是不明智的。因为是俗人，也就很难脱俗。在浪费了许多大好时光之后，转过身，才发现自己对"目的"的认知真的很弱智！猛然醒悟之后，仅是用"一切都是浮云"做总结，未免有些轻描淡写，也显得对自己已经过去了的大半生不负责任。于是我想到了一句成语：亡羊补牢，为时不晚。我想，现在如果还不清醒，那就真的太晚了！

木心先生在《如意》一文中，对生活如意，有过这样的精彩描述："生活如意而丰富——这样一句，表达不了我之所思所愿；我思愿的乃是集中于一个目的，做种种快乐的变化。或者说，许多种变化着的快乐都集中在一个目的上了……因而我选了一个淡淡的'目的'，使许多种微茫的快乐集中，不停地变化着。"

我是在今年二月下旬，由湖州去往北京的高铁上读到木心先生上述那段话的。这本书的名字叫《琼美卡随想录》，此书是一位文友送我的。当我读完这本书，我很虔诚地在书的扉页上写下了这样一句话：这是一本我真正喜欢的书！

这种读书的状态，对于我来说属于常态，我喜欢在途中携带一本书，有书相伴的感觉真的很好。在一本书上，写下那样的话语确实不多见。我想，即使整本书不再去看，有上述那段文字就足够了。

这些年，一路走过来，我一直在寻寻觅觅，想找到一个适合我的又能带给我快乐的"目的"。实际上，我已经在实践着——那就是快乐写作，尤其是近二十年，我对文学创作的坚守，该是我想要的"目的"吧！

以前，总有朋友问我："你一直坚持创作诗歌，有什么意义？"

我总是笑笑："写着玩，打发时间。"现在，我可以用木心先生上述的妙论，来回答我的朋友了："我选了一个淡淡的'目的'，使许多种微茫的快乐集中，不停地变化着……"

写诗，带给我最大的好处该是较好地葆有童心和爱心，将多余的精力集中于诗歌创作，很多时候真的能做到"两耳不闻窗外事"。心静，能够与相处的环境较好地依存；心安，人就会变得简单。人一旦选择了简单的生活，快乐就会主动地和你握手言欢……

时间不早了，我该结束闲扯，洗漱之后，尽快进入梦乡……

握着希望之"梨"走出绝望之地

　　这是一个真实的故事，也是一个令我感动的故事。在每个人的一生中，都需要接受一种感动，以便使生命充满激情，所以，我愿意将这个故事说出来与大家分享。

　　有一位旅行者，为了挑战自己生命的极限，决定独自穿越沙漠。事先，他做了充分的准备工作，设想了许多应对危险的办法。然而，在他穿越沙漠时还是遇到了险情，而这个险情就是在沙漠中行走迷失了方向。没有路好寻，也就找不到前进的突破口，他茫然四顾，进退两难，四周除了沙漠还是沙漠。更为可怕的是，他已吃完最后一块干粮，喝完最后一滴水，翻遍随身的行囊和所有的口袋，他只找到一个已经发黄的梨子。

　　"啊，我还有一个梨子！"他惊喜地叫道。他擦了擦那个梨子，却宝贝似的舍不得吃掉它，只是把梨子紧紧地握在手里。他整理下自己的思绪，开始深一脚浅一脚地在大漠里寻找着出路。整整两天两夜过去了，他仍未走出空旷的大漠，饥饿、干渴、疲惫却一起涌上来。望着茫茫无际的沙海，有好几次他都觉得自己快要支撑不住了，可是看了一眼手中的梨子，他抿了抿干裂的嘴唇，又增添了些许的力量。

　　顶着炎炎烈日，他又继续艰难地跋涉，一路上只有零星的芨芨草与他相伴，给陷入险境中的他一丝丝的安慰。已经数不清摔了多少个跟头了，只是每一次他都挣扎着爬起来，跟跄着一点点往前挪移脚步，他在心中不停地默念着："我还有一个梨，我还有一个梨……"

三天之后，他终于走出了大漠，走出了那个令他心有余悸的死亡之地。那个他始终未曾咬过一口的梨子，早已干巴得不成样子了，他还宝贝似的捧在手心，久久地凝视着……

　　这是他的一次终生难忘的生命之旅。虽然如今那个给他信念、给他勇气、给他新的生命的梨子早已不复存在，但是，握着希望之梨走出绝望之地的经历，对他今后的人生之路，有着超乎寻常的意义。那个希望之梨，已经在他的心中扎根、发芽、开花、结果。自那以后，无论遇到什么艰难困苦，他都不会轻言放弃，因为他永远怀揣着那个希望的"梨子"；更因为他深信只要心里坚守一个信念，它就会指引你克服任何艰难险阻迈向成功，甚至帮助你创造奇迹。

　　其实，在漫长的人生长河中，遇到激流险滩是很平常的事，甚至会陷入意想不到的沼泽。生命之舟，谁都想扬帆远航——"长风破浪会有时，直挂云帆济沧海"。可是，生命的航船，会遭遇惊涛骇浪，也会搁浅于沙滩寸步难行……此时，这个故事，这个故事的主人公的经历，也可以成为我们的一笔巨大的人生财富。只要抱着一个坚定不移的信念，努力地寻找，坚韧地前行，我们最终一定会战胜一切困难，顺利走出人生的沼泽地。

　　写到这里，我想到了苦难。苦难是生命的常态，谁都会有面临绝境的时候，谁都会碰到没有舟的渡口或没有桥的河岸，实在无桥无舟的人，哪怕残存一点幻想，也要奋力将自己摆渡到对岸。假如有一天，心中连梦想都没有了，那才叫残忍与悲哀。有生命的人，便有希望，有希望的人，便会克服一切困难，走出人生的荒漠，抵达人生的绿洲。

也许这是天意

在空间里写了一千多字的随笔，在保存时突然遭遇死机，说不懊恼是不可能的。一些自以为还不错的"思想火花"，就这么瞬间消逝了。

下意识地点燃一支烟，抽着，袅袅的烟雾飘忽不定。猛吸一口，被呛了一下，掐灭香烟，然后坐下，慢慢恢复平静。

窗外，忽晴忽阴，像是要下雨。雷声，由远而近，仿佛某种期待……

期待窗外有一场秋雨，赶来驱除燥热，我会找出一本好书阅读，度过一段美好的时光。

其实，等待的时光是很难熬的，无论是甜蜜的还是愁苦的。

没有秋雨敲打窗沿，没有秋雨的吟唱，也应该拥有自己美好的心境。

现在的我，独处。独处中的那种孤独感悄然而至，这样的感觉，这样的氛围，也会转瞬即逝。我必须抓紧享受这样的宁静，在宁静中寻找真实的自我。

生活中会有许多美好的重要的东西，我们不能让它轻易地流逝，如果我们漫不经心，等到再想拥有这些重要的东西时，剩下的可能只是悔之晚矣。

遗憾，谁都不愿意与之狭路相逢，可是，有时我们却无法逃避这样的狭路相逢。人的一生，会有许多的遗憾相伴，我们只有学会从遗憾之中抽身。

一切皆有可能。一切事物都在不停地开始又不停地结束，在开始与结束之间，会有许多意想不到的事情发生，有的是人为的，有的则是天意。

有人说："如果你很想要一件东西，就放它走，如果它回来找你，就永远属于你；要是它不回来，那么它根本就不是你的。"我首先想到了爱情、婚姻这样的话题，当然也有功名利禄这些人们最爱追逐的东西。

天，暗了下来，看来真的要下雨了。我该结束敲打键盘的动作，到外面去接受雨的洗礼，并在雨中仔细体会"天意"……

心态决定快乐与否

哲人说："你的心态就是你的主人。"第一次读这句话时还年轻，并未深知其意。随着年龄的增长，随着所经历的事情的累加，对这句话才有了更深的认识。话虽直白，却蕴含着很深的哲思。心态，实际上表明的是一种活法，是你对生活所持有的态度。你拥有什么样的心态，就会用你持有的心态去面对属于你的生活。

这是一个老掉牙的故事：从前有位老太太生了两个女儿，大女儿嫁给伞店老板，小女儿自己经营着洗衣作坊。于是老太太整天忧心忡忡，逢上雨天，她会担心洗衣作坊的衣服晾晒不干；遇到晴天，她又怕伞店的雨伞卖不出去，天天为女儿担忧，日子过得很忧郁。后来，一个智者告诉她："老太太，您真是好福气呀！下雨天，您大女儿家生意兴隆；大晴天，您小女儿家顾客盈门。哪一天您都有好消息啊！"老太太一想，果然如此，从此高兴起来，每天都很舒心。天，还是老样子忽晴忽阴，只是老太太的思维转换了，生活的色彩就焕然一新。

在人生的旅途中，会有许多的坎坷泥泞需要我们面对，也会有看不完的风花雪月，而且这些会交替呈现给我们，也在考验着我们。如何面对两种截然不同的风景，必然与我们的心态休戚相关。生活的环境，工作的场景，自然而然地改变着我们的思维、我们的心态，进而影响我们的价值观和人生观以及幸福快乐。

持有一种什么样的心态，会最终决定一个人的人生轨迹。胜利者会永远想着胜利，当遭遇挫折和失败时，他会将失败看成是下一次成功的奠基石。快乐的人的眼里，到处都是美好的景象，哪怕是一些在别人看来微不足道的事物，他都会从中找到美和希望。不断地放大快乐，这是简单的人拥有快乐的真正秘诀。累加的细小的快乐，会像涓涓细流，汇入幸福的海洋。一个人拥有这样的海洋，就会拥有宽阔的心胸，去面对这个并不完美的世界。

放大快乐，并不意味着这是"精神胜利法"，是自我麻痹。一个知道放大快乐的人，就会缩小痛苦和烦恼，就会坦然面对生活中遇到的风风雨雨。这是积极的心态，持有这样的心态，就可以将"人生不如意十之八九"改写成快乐远远大于不快乐。一个人想要生活得幸福，就不能总将目光停留在消极的东西上，那样只会使人沮丧、自卑、烦恼，影响身心健康，进而减少快乐指数。

我们的生活状况，其实就是我们心境的外部反映。从某种角度上讲，有什么样的心境，就会拥有什么样的生活——当然这里的生活，主要指的是精神层面的。为什么会"人比人气死人"？讲的还是心态！工薪阶层的人住在富人区，会有很强的失落感；普通的人和做官的住在一起，心理反差会加大，同样很难找到幸福感。这些都是比较使然。

几年前，我的一个朋友办厂致富，就将儿子送到贵族学校读书。可是，过了没多久，一次当他开着20多万的汽车接儿子，儿子却不肯上车，这让他很纳闷。儿子指着停在校门口等待接孩子回家过周末的汽车："你看看人家什么车？奔驰、宝马、凌志，差一点也是奥迪，就你那破车也好意思到这里来丢人现眼？"朋友发现儿子整天与富人的孩子在一起，滋生了比富的不良心态。没多久，朋友赶紧将儿子转学，又经过一个多学期，他的儿子才慢慢纠正了偏颇的想法，在与普通人的孩子的交往中找到了快乐，找到了童年的单纯，也找到了自信。心境不同，带来的结果就会不同。人还是那个人，只不过是换了环境，而换了的环境改变了他的心态，进而改变了他的生活，甚至会影响他的一生。

有位诗人说过："即使我到了生命的最后一天我也要像太阳一

乡愁是一杯烈酒

样，总是面对着事物光明的一面。"是啊，在我们的生活中，到处都有明媚的阳光，即便是雨雪天气，太阳还是在我们的头顶朗照着，只不过是我们被雨雪遮蔽着，没有看见太阳的光芒。胸有一轮朝阳，就会一路纵情歌唱，一路鸟语花香……

这是积极进取的心态。当我们对生活充满希望，无论在人生的旅途中遇到多么大的艰难困苦，都不会悲观失望。相信路在脚下、脚比路长，就会充满热情地拥抱生活，用我们的劳动谱写出属于自己的华美乐章。

闲人的一日杂记

　　白天，因为太阳的缘故，冬天竟有暖暖的感觉。前几天的连绵阴雨，给人的感觉除了阴冷还有压抑。站在太阳下长长地舒一口气，很是惬意，仿佛浑身的毛孔都舒展开来。人，虽然依旧散漫，但阳光下的散漫，也有点抒情的意蕴。这是真实的，就如同我现在的呼吸，也有丝丝的暖意。

　　今天上午因公干到南浔，办完了事情，在南大街很闲散地转了一圈。十年前曾在这儿工作过，这条街走了无数遍。那时的这条街，还是比较冷清的，不像相隔不远的另一条街那么繁荣昌盛。现在，这两条街正好调换了个位置，原先繁荣的现在比较冷清，虽然依旧是垂柳依依，但已不见游人如织；而南大街却变得十分热闹，商铺林立，各色特产应有尽有，游人川流不息……混杂在人流中，东张张、西望望，在漫不经心中体会凡人的快乐。

　　由两条街的今昔对比，我想到了人生的况味，想到了几年前读过的《白鹿原》，忍不住轻轻地笑了起来。我明白，这样的笑，是属于自己的。

　　与一个人的握手，让我有些感慨。相互握手，他的手分明无力，就连他的笑都是职业的……两只手相互触摸的刹那间，我对距离这个词有了更进一步的理解。我以为，官场上的戴面具的舞蹈，远没有假面舞会令人开心……人的重量，有时比一张纸还要轻。

　　中午睡了一会儿，这是进入中年后的必修课。没有了这个短暂的

乡愁是一杯烈酒

休整，接下来的时段就会像丢了魂似的。也许这是自然规律，我当顺应才是。"中午打个盹，好比吃人参"，这是我的体会。

下午最开心的当是许章伟老弟的来访。他是一个很本真的人，少有所谓的城府，对艺术有着痴迷的追求，最可贵之处，就在于不断地超越自我。十个手指甲，常常全部涂满了油彩，很有意思，我能想象他在创作时的忘我状态。因为开心，时间就过得特别快，不知不觉就将下午给打发掉了。

吃过晚饭后，依旧是散步，然后到办公室去——在夜晚，它是我心灵的第二单间。因寂静而生出的些许禅意，或飞出的一些活泼的想法，都给我快乐和安慰。此时，我才找到曾经活过的感觉，也才体会到一些所谓的人生意义。在这样的时空，我能听到时间走动的声音，听到自己的呼吸和心跳，觉得这个世界此时才还原为它的真实面貌……此时，我甚至会为自己的脚步声的真切而感动……你相信吗？

夜晚走在回家的路上，冷风扑面，让我回到了现实。我没有裹紧大衣，让风的侵袭带给我另一种欣喜。我明白，这是真实的人生，我没有理由不去面对。是你的，你必须坦然接受，何不愉快地细数那串人生的念珠呢？

现在，坐在电脑前，写着一天的杂记，一个闲人的流水账，或许不值一文。呵呵，明天已经握住了我的手，我该赶快睡觉，快快入梦，以不负明天的盛情……

明智的选择

我以为，人一旦步入成年，就意味着开始进入了"减"的人生。当然，"成年"可能是一个较为模糊的概念，它的划定，也是因人而异，而这不是问题的主要方面。问题的实质在于，成年是一个人的一生的分水岭，它连接着过去和未来，会让我们感慨万分。

步入成年阶段后，在不断获取的同时，所有人都要面临失去所带来的痛苦……所有的是非成败转头就会消失了，所有的荣辱都可以坦然地面对，因为时间会告诉我们该如何活着，为了幸福和快乐，实在没有必要太过计较生活中的得与失。

活在今天，该是较为明智的选择。过去的已经过去了，不管好与坏、得与失、痛苦与快乐、哀伤与喜悦……都已随风而逝，如同泼出去的水。而明天，则是一个未知数，它不一定能被我们所掌握。也许有人会认为这样说有点夸大其词，有意将昨天、今天、明天的时态，加以特别的区分，是完全没有必要的举动。对此，我只想报以善意的微笑。

人生是一场永无止境的动荡，会有许多不确定的因素左右我们的人生。人生的道路，并不一定会按照我们的预想去延伸。有人曾说过这样一句发人深思的话："生命中最大的悲剧不是死亡，而是没有活在当下——今天。"以为来日方长，以为可以握住许多属于自己的东西，以至于不会享受生活的乐趣——与自己较劲、与生活过不去，而不是与生活和平相处，让生活成为自己的好朋友。

聪明的人，会把每一天都当作最后一天来活，不会以为一辈子很长，而去追逐一些身外之物。更不会自寻烦恼，将围绕身边的快乐赶跑。因为他们明白，这样做只会得不偿失。这可以用一个经典的例子来佐证：某旅游景点，有一个老艺人在树下编织草帽，卖给游人以换取自己和家人的生活费用。一日，一个外国游客看到他编织的帽子，就发现了这里面潜在的商机。他对老艺人说："你多编织这样的帽子，卖给我，多多益善，我可以和你签订合同，包你发大财。"老艺人摇了摇头："我不卖多余的帽子，每天只编 5 顶卖给游人。"游客不解地说："你为什么放着发财的机会不要呢？"老艺人问道："发了财有什么用呢？"游客耸了耸肩膀："可以到乡下买房子呀，可以在郊外呼吸新鲜的空气呀，可以晒充足的阳光呀……"老艺人哈哈大笑："你所说的这些，我已经都实现了啊。你看我，现在躺在大树下乘凉，一丝丝的清风吹过……我是多么惬意呀！照你说的去做，拼命地赚钱，哪里能体会到生活的乐趣呢？"游客听后，摇摇头就走了。

我以为，这个老艺人是明智的。他的话告诉我这样一个道理：人的需求本来应该是很简单的，超过了需求一味地追逐，在得到的同时，其实也在悄悄地失去。我们应该活在当下，对于爱你的人好好珍惜，对于自己也无须求全责备。

中国人为了纪念每一个在自己生命中留下痕迹的先人，发明了"清明节"，以便大家缅怀他们，这该是最原始的愿望。但我想说的是，这个传统节日的意义，不仅仅是要后人感恩或缅怀祖先，更重要的是提醒我们活在当下，活在每一个实实在在的今天，因为，我们不知道明天自己是否还会幸福地活着……

"心理按摩"

前不久，某地的艺术家们出席了一个美术作品展。我虽不懂绘画艺术，但因曾在文艺部门混迹过，和其中许多艺术家们结下了友谊，因而也在被邀请之列。下午一时的展览开幕式因有事未能参加，二时不到，便匆匆赶往展厅，先仔细欣赏几位画家创作的精美作品，真的很不错。虽然这些朋友的绘画作品以前看过，但此次集中展示，仍给我耳目一新的感觉。

就在我陶醉和流连于浓浓的艺术氛围之中时，一位学生走过来提醒我："老师，你是来参加作品研讨会的吧，在二楼，已经开始了……""哦，谢谢你！不急、不急，我再好好欣赏一下……"我对那位同学笑了一笑，笑得那位同学有点莫名其妙。

我知道二楼正在开作品研讨会，可是，我对此并不感兴趣。因为，我出席过许多次作品研讨会，对那样的氛围了如指掌——那是一种"自慰"和"相互抚摩"式的所谓的"艺术沙龙"，对一个真正的艺术家来说，是毫无益处的。在那样的场合，我很少听到坦诚的艺术批评——这才是艺术研讨的真正目的。在一片赞扬声中，除了满足一己的虚荣心和虚幻的陶醉感之外，会有什么样的收获呢？

也许，是我犯傻；也许，人们举办各种文艺研讨会，要的就是陶醉感和满足感呢！

离开展厅，有点依依不舍，这才是真正能令我陶醉的地方。到研讨会现场，我会有如坐针毡的感觉，虽然可以"身在曹营心在汉"，

乡愁是一杯烈酒

但肯定会很不自在，我知道自己的掩饰功夫很差。出了展厅大门在转弯处被学生叫住，原来是签到。犹豫了一下，还是在雪白的宣纸上签下了自己的名字。奇怪的是，我不知为何那一竖会写得那么长，有点像一柄剑。后来，我的发言，对此有了解释，也增加了我的担心和后来的释然。

到了研讨会现场，一位仁兄正在发言。本打算找一个偏僻的位置坐下，却被主持人安排在一个较显眼的地方。接过一杯热茶，开始聆听高见。研讨会的现场，气氛还是很热烈的，这和窗外的阴雨天气形成了鲜明的对照。赞扬、吹捧、相互间的"抚摩"，照旧是此次研讨会的基调。发言一个接着一个，有的人还不时地插话，很是热闹。当"大家""大师""杰出""顶尖"这些词一阵阵地往耳朵里钻时，我不知别人是什么样的感受，特别是举办画展的当事人有何感想，我只觉得一阵阵的反胃……

主持人和其他的朋友几次提议我发言，我都拱手作谢。因为，在这样的场合，我不想说违心的话，也不想说不合时宜的话。我想以推诿的鞘，来保护语言之"剑"，设法不让它"出鞘"。后来，朋友们以掌声邀请，我就再也不好推辞了，否则，就变成"给脸不要脸"了。

起初，我的发言，还是"同流合污"式的，表示祝贺、表示感谢……这是常情，也是礼节。虽有点俗，但也在情理之中，无可厚非。说着说着，"剑"熬不住就出了"鞘"。我先谈了为什么要举办艺术研讨会这样傻乎乎的问题，然后直抒胸臆，大有不吐不快的感觉。我由党内的批评与自我批评，讲到了艺术的批评与自我批评的真诚；由艺术学院几位教授加盟当地艺术圈后，对当地艺术界带来的改变（他们的认真、相对的坦诚等），进而说到了作为一个严肃的艺术家，要不要"心理自慰"和他人的"心理按摩"这样的敏感话题……然后就大师满天飞的现象，说了一些令别人很不舒服的"刺耳"的话。

我的胡言乱语，好比往油锅里撒了一把盐。我也有点始料不及。但是，我也没有想到，我的即席的"胡说八道"，竟赢得了一阵热烈

「心理按摩」

的掌声——大概由于第一个吃"螃蟹"吧。接下来的其他艺术家的发言，开始"跑题"了，围绕我的话题，谈论文艺批评的真诚性，以及艺术家对自己艺术创作应保持高度的自省等话题，有的人甚至说了参展艺术家的作品的不足……虽然，我看到了有人眼神中泄露出不悦，但是我很欣慰，这是我愿意看到的文艺批评，更期待今后的艺术研讨，能回归到它的本来面貌……

原来……就可以……

有个小男孩很认真地对母亲说："妈妈，你今天好漂亮啊！"母亲问："为什么？"小男孩说："因为妈妈今天没生气。"母亲用手抚摸儿子的头，一脸的慈爱。

——原来拥有漂亮很简单，只要不生气就可以了。

有一个大学生去应聘工作，随手将走廊上的纸片捡起来，放进了垃圾桶——他做这件事极其自然。可是，这么一件举手之劳的小事，恰巧被路过的主考官看见了，他因此得到了聘用，得到了一份很不错的工作。

——原来获得赏识很简单，养成良好的习惯就可以了。

有个青年在自行车店当学徒。有人送来了一部坏了的自行车，这个青年除了将车修好，还将车子擦拭得漂亮如新，店里其他的学徒笑他多此一举。车主将自行车领回去的第二天，就把这个青年挖到他的公司上班，随后青年人因为勤勉而步步高升。

——原来出人头地也不难，只要肯吃亏做事尽善尽美就可以了。

有个牧场主，叫他的儿子每天在牧场辛勤工作，朋友对他说："你不需要让孩子如此辛苦，农作物一样会长得很好的。"牧场主回答说："我不是在培养农作物，我是在培养孩子。"

——原来培养孩子很简单，从小就让他吃点苦头就可以了。

有一个网球教练对学生说："如果一个网球掉进草堆，应该如何找？"有人说："从草堆中心线开始找。"有人说："从草堆的最凹处找。"教练说："按部就班地从草地的一头，寻到草地的另一头。"

——原来寻找成功的方法很简单，从一数到十不要跳过不抱侥幸心理就可以了。

有一家商店经营灯火通明，有人问："你们店里用的是什么灯管，怎么那么耐用？"店主回答说："我们的灯管也常常坏，只要常常更换就行了。"

——原来保持明亮的方法很简单，只要常常注意更换就可以了。

有人问营养学家，怎样才能健康长寿。营养学家回答："健康养生的方式，不是每天给我们的身体堆积营养，而是让我们的经络通畅、气血通畅，让我们的心灵干净、善良。真正的养生其实很简单，让生活简单一些，人就健康了，生活就美好了。"营养学家还告诉我们："最上乘的养生是养心、修心。人的意识和心灵对身体具有主导作用，你生气的时候，肝就瘀，就容易形成肿瘤，严重了就会恶化。想要不得病，就不要计较，想愉快的事，用善良和爱来主导生理。每天让自己的内心平和、顺畅、干净、纯真、善良、美好、真诚，这就是最好的修心方法……"

——原来健康很容易，只要生活简单一些、心态平和一些、多做一些善事就可以了。

冰冻三尺非一日之寒

　　2011 年 10 月 17 日，在杭州美丽的西湖边，发生了一件素不相识的人扶起一位摔倒老人的事情，这样原本非常普通的小事，却被杭城几家媒体刊文大加称赞。对此，我不知是喜悦还是悲哀。扶起老人被称为扶出了西湖边的一道"靓丽风景"。举手之劳的小事，如今上升为见义勇为，令我困惑但似乎只能无语。

　　扶起一位身陷危急状态的老人，该是每一个在场的人义不容辞的"自然反应"，也是中华民族最基本的道德体现。为什么会发展到如今这样令人心寒的现状呢？国人的道德水准在整体滑坡，一些人甚至没有了道德底线，这是令人担忧的现实，而不是杞人忧天。杭州的扶老人事情被热烈称颂却让我乐不起来。

　　由助人为乐到见死不救，短短的几十年时间带来的改变真的很可怕，这绝不是危言耸听！任何事情的发生都事出有因。不可否认，从南京的彭宇案，到天津的许云鹤案，这样的大失水准的错误判决（司法实践中的顽疾——有罪有错推定），无疑使一种无形的道德恐惧和退缩在蔓延，甚至像可怕的传染病一样，"老人扶不得"似乎成了"谈虎色变"。

　　这样的道德恐惧症，反过来又像催化剂一样加快加深了社会的冷漠。"多一事不如少一事""事不关己高高挂起"等错误的认知，反而成了当今一些人处世的准则。老人跌倒后长时间无人援助的事屡屡见诸报端，读后真的不是滋味，对此，仅有谴责是不够的。实际上，善良的人大有人在，问题是怎样才能让做好事的人不至于心有余悸。

就在 2011 年 10 月 13 日下午，两岁的女孩悦悦在广东佛山南海黄岐的广佛五金城内被一辆汽车撞到，司机肇事逃逸。在之后接近 7 分钟的时间里，还有呼吸的悦悦一直孤零零地躺在地上呻吟，18 个路人先后经过，但都当作没看见，也没有人报警。其间悦悦又被另一辆车无情地碾过。最终，悦悦被第 19 个路人——一位捡破烂的阿姨抱到路边，随后送到医院急救，现在仍危在旦夕。

写到这里，泪水模糊了双眼。据说，小悦悦事件一经网络传播，立即掀起轩然大波，它如同一枚钢针，扎进每一个有良知的人的内心，让人泣血让人悲歌。10 月 17 日，佛山日报封面版以《这一天，他们令佛山蒙羞》为题报道此事，并发表一篇评论。评论中说："心痛，但是无能为力；咒骂，旋即忘却；指责别人，却放过自己——这是我们大多数人对这件事的心态，我们表现出的痛苦相当可疑，我们的咒骂缺乏内在的力量，我们的正义感从一开始就摇晃不已。"

这篇评论写得很好，针砭时弊一针见血！现在的问题是，当我们迫不及待地发表道德演说之后，我们是否真正愿意像雷锋那样做人、那样生活？社会是否为好人做好事完善了必要的机制、营造了良好的舆论和法律的氛围？勇为的前提该是好心得到好报，而绝不能像彭宇案那样，让好人做好事反而受到"恶报"，这样寒心久了就会结成"寒冰"而难以融化。

我想实话实说，本月分别在杭州和佛山发生的这两件事，正反两个方面的典型都让我产生揪心的感觉。在杭州因做好事——尽管是一件看似平常的好事，而受到赞誉，这是应该的，但赞颂之后该引起我们的思索。因冷漠而蒙羞的不仅仅是佛山，我们每一个人都该扪心自问：假如我遇到了这样的事，我会不会是那 18 个路过的人？当我想伸出援手时，我会不会瞻前顾后？

下班前的一些飞絮

天空的泪水流不尽，一直下着的雨，让太湖一片泛滥了吧？报上说太湖的水位警戒线一直很吃紧。是天空有什么委屈吗？我不得而知。

大海浩瀚，大海波澜壮阔，让站在海边的人，感到了自己的渺小，就是再自大的人，也许会感到片刻的柔弱。我幻想着自己拥有一只魔幻的杯子，装下整个蔚蓝的大海，或者被大海淹没。

爱，不是聪明人的事，更不是某些人的专利。爱的死亡是偏执、是猜忌、是自私的占有；爱的极致，则是默默地关怀，默默地注视，是该牵手时牵手，该放手时就放手。

婚姻的误区之一，就是两个个性迥异的人，不是相互迁就直至认同彼此，而是试图改变对方，按照自己的嗜好来设计对方，直至将对方逼至窘境，最后举手投降。这样的结局是可想而知的。

一个人如何面对"舍得"，可以看出一个人想要些什么，进而判明此人的精神境界与品行操守。能舍弃常人不能舍弃的东西的人，一定是想获得常人不能获得的东西。舍与得，有时只在一念之间，结果却大相径庭。

窗外不是故乡，窗外的细雨，却是从故乡赶来看我的，是秋天里的一丝丝惆怅。我坐在屋内，凝视蒙蒙的细雨，想象着故人的身影飘进来，与我长谈。此刻，心情是幸福的，也有雨一样的清凉与忧伤。

当你觉得为一个人付出比获取更快乐，而且又是那么心甘情愿，说明你是在爱那个人了。这时，爱不需要语言的表白，而是需要默默地付出自己的情感。此时，伴随的是梦、沉醉、回味、牵挂等让人不能自已的情感交流。

镜子是真实的，也是不真实的，这要取决于照镜子的人。

不期而遇的美景，有时类似不期而遇的人，偶尔的相逢总是美好的，且都留给了记忆。

在大自然的面前，我永远怀着敬畏的心情。仰望天空，看白云悠悠，人生如浮云；俯视大地，苍茫的大地，让我感觉自己只是一只微不足道的蚂蚁。

一切皆是缘

　　相逢是缘，有缘自当珍惜。这是我一直以来所信奉的理念，近似宗教。

　　人与人相逢，是缘，千百年的回眸，聚焦于刹那间。擦肩而过，看似偶然，其实必然。"众里寻他千百度，蓦然回首，那人却在灯火阑珊处"，说的就是这样的缘分。世间所谓的巧合，其实还是因缘际会，一切皆天意。

　　人与动物的交往，也是缘分。就像我和我的"儿子"皮蛋，2008年7月6日晚，皮蛋就在那个特定的地点、特定的时间段等着我的到来，等着我们续一段前世的缘分……今年5月17日，皮蛋的丢失看似"不应该"，其实也很自然，或许我们和它的缘分就只有那么长的时间，就像尘世间人的结婚和离婚……皮蛋走了，它有它的生活，我唯有怀念和祝福。

　　人与植物的相处，也是有缘分的。比如说，我拍下的这几张照片，如果不是因为下雨使我滞留在茅庐，如果那天的雨一直下个不停，也许就没有我和这些桂花叶子的近距离接触，也许就没有了那份欣喜……

　　我想，这些叶子也是在等我的。雨水洗净了它们身上的尘埃，它们在黄昏时分展示着它们的色彩——这是多么富有诗意的色彩啊！随着时间的推移，随着气温的一点点上升，叶子的变化有些不可思议：含蓄的阴柔，多情的羞涩，随着晚风慢慢打开的容颜……啊，面对这样的情景，我的心弦被轻轻拨动，陶醉的感觉也是自然而然的。

也许，这些叶子并不一定是在等待我的欣赏，并不一定对快乐以外还有什么渴求。也许我的快乐源于我的自作多情。即便是这样，那又怎么样？只要我相信这是一种缘分，只要我有着那份欣喜那份幸福的感觉，就足够了！何况，那些叶子，在微风中的轻舞，本身就说明了一切……

这是季节的特征，或者说是季节在这些叶子上留下了微弱的或是明显的变化，也许这些变化有些不易捉摸。那些"枝头的消息"，是能够触动人的心灵的消息，只要你对生活有着爱恋，只要对那些活生生的事物，有着敏感有着应和。

也许，时间在人的眼中看起来没有什么变化，无形无色，日复一日，匆匆而过。其实，时间的变化却是每时每刻的，只不过是时间将它的变化刻在了有形的和无形的事物上了……

一切皆有缘，一切皆天意。对此，我深信不疑……

欲望是个什么玩意儿

每个人都会有欲望，换句话说，人的一生很多时候是被欲望牵着鼻子走的。这不奇怪，因为被欲望支配着行走是人类的天性，人很难在自己的一生中不被种种欲望束缚和迷惑；更因为欲望有时很强大，而人却是很脆弱的。

欲望本身并不是万恶之源，处理得好反而会是推动社会进步的"催化剂"，当欲望处于恰到好处的位置，它会加速人类物质文明和精神文明的跃进。然而，俗话说得好，人的欲望是没有止境的，就像"人心不足蛇吞象"那个古老的寓言所示，人一旦对欲望不加以控制和约束，就会被欲望摆布，对财富、地位、名利等不加节制地追逐，最终陷入不能自拔的境地。人一旦被欲望所左右，就很难从欲望泥淖中爬到岸上来。

诚然，人是生活在现实中的，不可能在空中楼阁里生活。但凡人活着，首先要面对的是生存这个最基本的、谁都无法逾越的"门槛"——衣食住行、疾病衰老等。在解决了基本的生存问题后，进而就会有精神等方面的需求，比如政治地位、经济实力、荣誉名利等等，无一不在思虑追求之中。何况，如今的社会越来越实际，而且已经实际到让人瞠目结舌的地步。

这些并不值得惊诧，人生本来就是一个名利场，社会原本就是一个大染缸。面对日益势利、日趋浮躁的社会环境，环顾左右，不被欲望左右的人真的是少之又少。"世人皆醉我独醒",在如今这个社会绝对很难生存,或者说很难生存得很好。人大多数时候是群居的动物,当你被别人看成"另类",你实际上已经是被排斥在外了。在一个污浊不堪的环境里,有时想洁身自好都很难,因为圈子里的人会将你当成不合群的怪物,会离你远远的,直至将你逐出"山门"!

这有点扯远了,还是回过头来说欲望这个玩意儿。欲望是个好玩意儿,又常常不是个玩意儿。它既可以让人快乐似神仙,又可以叫人变得人不是人、鬼不是鬼!虽然世人皆明白"生不带来死不带去",人的一生都只能存在于此生今世,再多的财富、再值得炫耀的地位与功名,都不可能一起带走步入所谓的天堂。前几年流行的人生"三看"(到医院看望朋友,才想明白了拥有健康的身体真的很重要;到监狱探视朋友,才醒悟到能呼吸自由空气有多么宝贵;到火葬场送别朋友,回过头来细想,活着比什么都好),着实让世人感慨良多,似乎也明白了许多。可是,当人们转身再次走向的尘世时,当时的彻悟会于顷刻间消逝,人们会继续在红尘中追逐、在红尘中拼个你死我活。也许,这就是欲望与生俱来的不可抵抗的魔力所致,我们大可不必责备于红尘中人。

欲望是一团乱麻,捧在手上很难理清。此话很直白,也很形象,也表明了欲望的诡秘。当人鬼迷心窍时,就会被这团乱麻死死缠住脱不了身,甚至会被缠绕得筋疲力尽,直至抱憾而去。

现在,我倾向于将欲望比作一杯酒。假如说人生犹如一只酒杯,人们总会想方设法往酒杯里添加自己喜欢的美酒,而且是多多益善无穷无尽。嗜酒的人说得直白点就是贪杯之人,贪杯的人谁都不会眼睁睁地让酒杯空着,寻找美酒会成为最大的乐趣。为了杯中醉人的美酒,会不计代价,像飞蛾扑火般奋不顾身。

饮酒要适量,再好的美酒饮起来也要适度,适可而止,否则就会伤身体,甚至命丧黄泉。这样的实例每天都在发生着,以至于人们见惯不怪了。就像去年国家颁布了法令,醉驾入刑,并采取多种措施严加管理、严厉打击,但是仍有许多的人抱着侥幸心理,不惜以身试法，陷入囹圄。

　　好了，该结束絮叨了！没有欲望的人生，可能是无法想象的人生；而被欲望主宰的人生，同样是无法想象的人生。

快乐的处方

一日看病，接待我的医生在一番问、望、切、听之后，随手拿了一纸处方，在上面飞快地写了几行字，丢给我，叫我去配药。接过这张有关我健康的神秘处方，端详了半天，却看不出个所以然。我迟疑地将此纸片交给配药窗口，少顷，药剂师按此"天方"抓药。付款后，揣着这些五颜六色的药片，在回家的路上，"医疗处方""健康处方""快乐处方"这几个词，莫名其妙地在脑子里叠印。

春节期间，仔细阅读了美国心理学博士皮尔索尔所著的《用爱、工作、娱乐来营造快乐生活》一书，从中了解了他开给世人的"快乐处方"的构成：大量的乐观主义，它帮助人们从困境中吸取教训，找寻希望；少许的悲观主义，它预防极度兴奋时滋生的骄傲和自满；充裕的现实主义，它区分我们力所能及和力所不能及之事。这三种成分的交混形成富于生机、众人共享的快乐感觉。他告诉我们，世人不缺少快乐，而是缺乏能带来身心健康的快乐感觉，并把这种情况命名为"快乐缺失综合征"。他还循循善诱，劝慰我们接受他的快乐处方，让自己和他人体验生活中的细微快乐，不要漠视任何快乐，使自己完全沉浸于领略世界天然之态的奇妙氛围中。"明智地生活"，则是皮尔索尔留给我们"存在于每个人身边的任务"。

有关快乐的正论很多，比如简单就是快乐、平淡中自有快乐的妙趣、快乐在于过程等等。关于快乐的反论也有不少，最著名的一个是：那些接受生活最丰厚赐予的人，并没有那些生活中握得一手坏牌的人显得快乐。究其根源，在于后一种人明白，生活并不意味着时时争取一手好牌，而是如何打好手中的牌。你的经历不是指什么事发生在你的身上，而是从发生的事中了解体验到了什么。他们几乎总是能从细微简单的事物中发现快乐，而那些"更幸运"的前一种人，只能勉强从他们纷繁复杂、甚至是近似虚无的生活中，找到些微的快乐与平和。

如果你想看一看这种快乐反论的实际，或见一见那些实施快乐处方的健康人士，就参观一间癌症病房吧。这些病人深深知道，健康的含义远远超过不生病。一次，我去探视一位身患癌症的朋友，在探索病者与健康的人对快乐的不同理解时，他的一席话让我至今仍回味再三："癌症病人享有的是一种幸存者的快乐，那些生来幸运的人被给予一种他们不能收到的礼物。我们从痛苦与磨难中学到了快乐，也就更善于接受赐予我们的任何细微的快乐……癌症能快速治愈人的自私。你如此迫切地需要保持和生活的联系，于是你细细品味每一丝每一毫的快乐，从中感受生活。"另一个癌症患者对看望他的朋友朗声道："我敢说，我透过病房窗户看到的世界，要比你眼中的世界更丰富、更宽广。你的生活太格式化了。"……

那天离开病房，夕阳正红，瑰丽的晚霞轻拥着群山。我不由得驻足远眺，长久地凝视天边夕阳的余晖，欣赏日落的灿烂，静静地融入周围世界的美丽与快乐……

猫的尾巴

前不久，一位朋友打电话给我，说他上初中的女儿最近老是闷闷不乐，希望我能出面开导她。因我以前曾在某所学校教过心理学，也在实践中做过一些探索，这次是好朋友之托，便不好推辞了。

按约，与朋友的女儿见面。这是个聪明伶俐的孩子，来之前就了解到她学习成绩一直不错，还有当班干部的经历，性格有点外向。在与她闲聊中，我大致了解到小女孩不开心的缘由。原来，她是一个很开心的孩子，之前不太在意别人的赞许或批评，自从上初中后，随着生理和心理的悄悄变化，原来天真的她，有点开始在意别人对自己的看法，甚至花过时间和心思，来取悦于人和争取别人的赞赏。

听了她的倾诉后，我无法直接运用所谓的心理学知识，来和她讲什么道理。那样，不仅收不到效果，甚至会起到相反的作用。我也不能跟她讲这样的道理：取悦于人和寻求赞许，仅仅是人们的一种希望，而绝不应当成为目标；取悦于人和寻求赞许的意识，本身并非有什么不好，但把它变成一种需要，就是错误的心理举动了。这种过于理性的东西，千万不能对孩子灌输。

想了想，征得小女孩的同意，我讲了一个寓言，它说明愉快和欢乐，是不把寻求赞许作为一种需要的：

一只大猫看见一只小猫在追逐自己的尾巴，便问："你为什么对自己的尾巴穷追不舍？"小猫回答："从你们那里我懂得了，对猫来说，最好的事情就是快乐，而快乐就是我的尾巴，所以我要追逐它。

乡愁是一杯烈酒

因为追到了尾巴，我也就得到了快乐。"

老猫说："孩子，我留意了世上的种种问题。我也曾认为快乐就是我的尾巴。但是，我知道，每当我追逐它时，它就不断地逃开，但是当我只顾做自己该做的事情时，它却始终追逐着我，直到天涯海角。"

小女孩听得很认真，脸上流露出一副思索的神情。我问她："你明白了这则寓言要告诉我们的道理吗？"她眨了眨眼，想了想回答："叔叔，是不是可以这样理解，如果你希望获得赞扬，最有效的办法是：不要渴望它，更不能追逐它，而是按照自己本来的面目行事，那么更多的赞许就会降临到你的身上。还有，人做任何事，都不应该过分刻意。你说对不？"

我拍了一下小姑娘的脑袋，孺子可教也！小女孩会心地笑了起来。

看到她开心的样子，我也由衷地高兴。一高兴，好为人师的"尾巴"就露了出来。当然，我们所做的一切，绝不会得到每个人的赞许，但是，只要你尊重自己，按照自己的人生目标去努力奋斗，即使得不到赞许，你也不会沮丧。在现实生活中，赞许与批评都是生活的正常现象，因为每个人的见解各不相同。当我们了解到取悦于人和寻求赞许，是一种错误的心理选择，并且知道了产生的原因之后，我们一定愿意自觉地彻底消除它。虽然生活中养成的习惯一般都不易改变，但是关键看我们能否付出努力并持之以恒。

说到这里，我从口袋里取出早已准备好的一段马克·吐温的名言送给小女孩："习惯就是习惯，没有人能够顺手把它扔出窗外，不过我们可以一步一步哄它远离。"我对她说，你之前产生的一些想法，很容易改变，根本用不着"打针吃药"，不像大人，患了这种"毛病"，可能打针吃药都不能彻底根除。

看似我给朋友的女儿上了一堂心理课，实际上倒是给自己的内心彻底地过滤了一遍，清洗掉积淀于内心的一些杂质，使心空渐渐澄明起来。我突然领悟：能够在一生中得到最多赞许的人，却根本没有寻求赞许，而且对赞许毫不动心。没有热衷于取悦于人和寻求赞许的人，却最能赢得人们的赞许和欢迎。或许，这就是生活的恩赐和奖赏。

帽子房子及其他

帽子与房子

记不清什么时候看过一篇文章，题目早忘了，作者是谁更不记得，但里面有句话却记忆犹新：爱情是帽子，婚姻则是房子。为什么这样说？作者没有说分明，当时只觉得比喻有趣，也没有深究其意如何。

现在回想起来，还是觉得这种比喻比较新颖，依旧是说不出所以然来。

有关爱情的比喻很多且大多是美好的，赋予了人类对爱情的种种神往。对婚姻的比喻，最为精彩的大概算是钱钟书老先生的"围城"之说了，恐怕至今仍无人能超越它。

食色，人生的要义，谁也不能回避，更无法远离它们的诱惑。没有了这些，人生也许就没有太多的意义。

帽子。房子。两种不同的物体，有分离，更期待合而为一。帽子，希望能进入房子里，可是进入了房子里的帽子，没多久就会发现失去了自己。如果帽子想改变房子，就有可能失去房子。房子，当然期待帽子的轻舞飞扬，希望帽子永远是原先的柔情似水、情意绵绵。可是，房子有一天终于发现，外面的帽子和房子里的帽子大不一样了，于是房子开始困惑，开始有了对房子外面的帽子的怀念和新的渴望。

帽子会有帽子的想法，房子也会有房子的祈求。因此，帽子和房子，构成了悲喜剧……

锋利与柔软

我曾见过一把非常锋利的刀。这把刀削铁如泥，没有什么砍不断。

我也曾见过一个磨刀师傅，他的磨刀技术非常高超，再迟钝的刀具，经过他的磨砺，也会变得锋利无比。这是一个上了岁数的老人，除了吆喝时声音洪亮外，再就是干活时神情十分专注，其他别无特色。

一次，他在我们小区磨刀，与一个妇人发生争执，确切地说是那妇人不停地唠叨，向人们诉说师傅磨刀技术不好，其实她想减少磨刀的费用（尽管只有区区几元钱）。这个妇人越说越激动，起初磨刀人并不接茬，当意识到实在避免不了这场纠纷时，他才放下手中的活，一手接过女人已经磨过的刀，一手从自己的头上拔下几根头发，然后将头发放在刀锋上，轻轻一吹，头发顷刻就断了……那个妇人的脸一阵红一阵白……

这一幕，是我亲眼所见。这是一幕以柔克刚的话剧，看后很过瘾。因为很有趣，所以印象深刻。

朦胧与清晰

这是两种截然不同的状态。有时，它们也想走到一起，也想和平共处。

朦胧是一种意境。有时这种意境之美，让人寻之难得，因为难得，也就显得更为珍贵。朦胧之美，大概就是一切看起来都要更美一些的意思，比如雾里看花，隐隐约约的美会让人如痴如醉。或许引申出的含义在于告诉世人，这世界是不能看得太清楚的。所以，古人告诫后人：水至清则无鱼，人至察则无徒。时过境迁，此话依然是真理。

与之对应的则是清晰，引申出来的含义则是认真。毛主席曾说过，世界上最怕的事就是认真，共产党人最讲认真二字（大意如此）。距他老人家讲这句话已经有几十年了，现在的情况和他所处的那个时代已经相去甚远。似乎现在的人，更喜欢朦胧之美，对清晰的追求，似乎很是马虎呢……

比如，"批评与自我批评相结合"曾是一个优良作风，要求所有的共产党员自觉遵守。而如今的现实则是基本上演变为"表扬与自我表扬相结合、重在自我表扬"了……谁敢批评自己的上司？除非他脑子有问题，这不是老鼠舔猫的鼻子吗?! 谁愿意真诚地作自我批评？除非他有特殊的情况必须"如此"……

写诗，讲究朦胧之美，切忌过于直白；做人做事，则应该清晰——堂堂正正做人，实实在在做事，马虎不得呢……

邻家的狗深夜里突然叫了一声

　　在茅庐的小院子里抬头仰望天空，天空灰暗，只有星星像萤火虫似的。我说不出星星距离我有多远，也不知道星星有多大，更不清楚星星是不是知道我在仰望它。只是觉得这样的举止似乎有点怪异，一个人呆呆地抬着头，在夜很深的时刻，连自己的影子都看不见。我得记下此刻的时间：2011 年 3 月 29 日 23 时 25 分。就是如此。

　　此时仰望漆黑的苍穹，并非寄予什么特别的寓意，完全是下意识的，是写作累了，到外面呼吸一下新鲜的空气。夜，有些冷（春天用这词有些刺眼），这是很真实的感受。手中的烟火，一闪一闪的，很有趣。我想，此刻的乡邻们都该进入梦乡了吧？如果就我一个人还睁着眼睛，会不会进入自己的灵魂呢？没人能回答我……

　　如果我跟你说，我现在就坐在电脑前，沉入往事的河流且漂移不定，你会相信吗？不相信可以，但请你不要说我神经病。这样，我会打心眼里感激你。真的，我想在这样的时刻，在变幻不定的往事中找出一些真实，幸福的、快乐的、痛苦与烦恼都可以，我要的是真实的感受。如此一来，真实就变成了严肃的问题。

　　今天，我很仔细地观察了墙上的爬山虎，看似枯萎的藤蔓上已经发出很嫩的芽苞。我想起了夏季葱郁的叶子在冬季一下子就凋零了，由绿色渐变为红色，再到枯黄，然后飘落。生命的轮回真是神奇，除了赞叹，我找不到更合适的表达方式。今天我拍了一树的茶花，很美的时候我未来，而今茶花却已经接近衰败。

我想，衰败的茶花也是让人怜爱的。何况，茶花还在坚守着，在苦熬中迎接冬天的到来，迎接历练，然后在春天绽放。也许，茶花看透了生命，也就看淡了许多。花期很短，孕育很长，这样的花朵令人敬畏。比如昙花，苦苦地孕育，只为了黑夜里瞬间的怒放。还有枇杷树，花开三个季节，是为了盛夏的累累硕果。

　　说到往事，总会和记忆扯在一起，仿佛是一对孪生兄弟。如果将往事和印象这个词放在一起，许多人恐怕会说不出印象的所以然来。往事和往昔有关联，但不是一回事，说到这里，我自己都觉自己有些啰唆了。我喜欢印象这个词，因为印象比记忆鲜活，记忆可以丢失，可以人为地忘却，印象有时却挥之不去。

　　邻家的狗突然叫了一声，就一声，很尖利。我不知何故，也不可能去向狗问个明白。就像在城里，深更半夜时分，突然有人吼叫"妹妹你大胆地往前走，往前走，莫回啊头"一样。我想到了发泄这个词，生灵可能都有需要排遣的时候。写到这里，我自己都笑了！可是，"嘿嘿"要表达什么意思呢？我也不知道……

乡愁是一杯烈酒

面　子

人要脸，树要皮，讲的就是人活着或死去，都会十分在意自己的"脸皮"。所谓的"脸皮"，说的正是"面子"。

"面子"的话题，实际上是一个国际性的话题，我将其列入"回乡散记"之中，没有什么特殊意图，并不是说在我的故乡，人们特别在意"面子"，更没有要借机褒奖或贬低故乡的意思。这些我必须先说明白，省得遭人唾沫和谴责。

"面子"也叫脸面、脸皮，要想下一个很确切的含义，我发现很难。在现代汉语词典中有专门的解释，但也不是说这样的说法无懈可击。虽然定义难下，但是在中国文化浸染的土地上生活的人们，无论是有文化的还是没文化的，却可以心照不宣地解读"面子"的含义，并可以融入自己的情感色彩。

面子，说得文雅一点，好像是荣辱之心的一种外在表现。但是，荣辱之心人皆有之，同某种是非观念结合在一起而形成的荣辱观念，该是世界性的，非中国独有的"国粹"。当然，我们的"面子"还是具有自己的特色的，比如：重形式胜于重内容，重外表胜于重内里，重外在评价胜于重行为后果。于是，在中国本土以及客居异国他乡的国人中，"死要面子"的人司空见惯，"死不要脸"就成了最严厉的道德谴责了。难怪几十年前，鲁迅就一针见血地指出：面子，"是中国精神的纲领"。

攀比心理，该是"面子"作祟的最直接的表现。而攀比的物化，会往往体现在衣食住行上，人们会依据你所拥有的金钱和权势等，来判断你的面子的大与小。我们常说的这个人很有"面子"，其实就包含了物质和精神两个具体的层面。"给不给面子"和"给足了面子"，常会成为人们议论的一个话题。那种"衣锦还乡"的感觉，实际上就是很有"面子"的感觉。人们奋斗为了什么？说得直接一点，或许就是为了"有面子"，为了能在人前展示自己"很有面子"的光彩。

"打肿脸充胖子"，是要"面子"最典型的形象了。比如，在农村但凡有了钱，首先考虑的就是造房子——因为这涉及"面子"的问题。男婚女嫁，在我的故乡有"看门"的习俗。所谓"看门"，就是女方在和男方确定恋爱关系前，女方的父母和亲友，要到男方家去了解情况。去"看门"的唯一目的，就是检验一下男方家的经济实力，而房子则是最直接、最显摆的东西，所以，"看门"实际上看的也是"面子"，只不过这时的面子被外化为房子以及其他的物质财富。在老家，父母生下子女后，尤其是男孩，在供养其读书的同时，就开始为其谋划将来结婚用的住房了。因为，如果没有像样的房子，儿子也就失去了找老婆的资格。所以，为了孩子成亲，做父母的往往不惜一切代价，节衣缩食，甚至背了一身的债务，也要造房子，因为这是一代接一代的神圣使命。"死要面子活受罪"，用在这里该是最好的形容了吧？

所以，我们到一个村庄，我们仅凭着房子，就可以轻而易举地判断哪一户人家有经济实力，哪一户人家在这村里最有"面子"。进而，我们还可以根据房屋的"面子"，来判断出哪些房子是村干部和先富起来的那部分人居住的。当然，在城里也是一样的，有钱的人和有权的人，总是住在很有"面子"的房子里。

在我的故乡，操办婚事和丧事，也成为讲面子的一个平台。当然，这绝不仅局限于我的故乡。婚庆时的那种极其铺张极其奢侈的做法，为的只是挣回"面子"，对此我还是能够理解的，因为一个"喜"字，就可以给予必要的宽容。而办丧事时的那种"死要面子"的做法，常常令我难以释怀。农村办丧事，有着很多的习俗，且带有很浓厚的迷信色彩。人死了，应该是一件很悲痛的事情，无论死者年龄几何，都是很哀伤的。可是，那些生前不孝、死后办丧事极尽铺张的儿孙们，反倒得到乡邻的认同和赞许——某某的子孙真的很不错，你看丧事办得多热闹，哭得多么伤心欲绝！……殊不知，就在死者活着的时候，子孙们却不闻不问，自己住高楼却让老人住在低矮潮湿的破房子里，自己吃山珍海味，老人却连粗茶淡饭也吃不上，就在老人生命垂危急等救治之时，儿孙们却在为该谁出费用而大打出手……就是这样一群不肖子孙，却因为办丧事时的"大方"与表演，赢得了人们的赞誉。对这样的是非不分，我除了愤慨还能做些什么呢？

说到人要脸，到如今却变得有些不合时宜了呢！现在，要脸的人反倒吃不开，不要脸的人却能名利双收。想出名？很容易，只要不要脸就可以了；想获利？也容易，同样是不要脸就可以……

好了，就此打住。肚子有点饿了，该烧晚饭去了，肚子大概是不大在意面子的……

进入所谓的思考状态

昨夜，正在看一本很喜欢的书，收到了一条短信，要我"该休息时就休息，该删除时就删除，该忘的就不要想得太多，该爱的时候就别太压抑自己，该做的时候再做，该乐的时候还得乐"……我从书本中抽身，回到现实生活，仔细品味这条短信，并陷入思考。

说真的，我已好长时间没有进入所谓的思考状态了。因为，我以前看到一句话，说的是"人类一思考，上帝就发笑"。之所以长时间不思考，就是害怕上帝笑掉了大牙，而我又没有本事为其修补。长时间糊里糊涂地过日子，还美其名曰"自得其乐"，实际上不思进取，却还要找出理由为自己的"混日子"的状态进行"粉饰"。人最大的能耐，该就是能为自己的所作所为，找出令自己心安理得的理由，最不该的大概就是毫无道理地原谅自己，且丝毫没有羞愧之意。

写到这里，我突然笑了起来，似乎显得毫无道理。不是吗？我不是在批判自己，因为这完全没有必要，"该乐的时候还得乐"，我不会傻到和自己的心情过不去。因为，别人生气我不气，生气致病无人替，身体是自己的，和自己的身体过不去，那不是个傻"鸟"吗？我是一只快乐的鸟，虽然飞得还不够高，但这无关紧要，拥有快乐就足够了。

"该做的时候再做"，等同于"到什么山上唱什么歌"，道理浅显易懂，但在实践中并不一定能把握得很好。比如，什么时候是该做的时候，什么时候又不是该做的时候，并没有一条截然分明的界限，也即缺乏操作性。又比如，在官场上处理正副职之间的关系时，告诫副职的有句名言，叫作"踢球不能越位"，应该是一句"真理"，但同样会让做副职的伤透脑筋。你既要去打球，又要时时考虑"不能越位"，而这个"位置"又无法划定。做也不是，不做也不是，弄得不好，就会猪八戒照镜子——里外不是人。

作为自然人，我绝对赞同"该爱的时候就别太压抑自己"，因为长时间地压抑自己的情感，是有害无益的，是在折磨自己，自己难受不说，还会让别人不快乐，这实际上是不道德的。但是，人更多的时候是社会人，有思想、有廉耻，你不可能像猫狗一样"有了快感你就喊"，更不能爱谁是谁。如果这样，那还了得！人的一生中，会不断地面对多种情感的困惑，面对擦肩而过的所谓的"爱"，你有时必须理智地"压抑"自己——谁叫你是人呀，是人就得遵循做人的"规矩"。

人的记忆是个很奇怪的东西，有时该记的不记、该忘的却难以忘记。别说那些刻骨铭心的事情，有的人连一些鸡毛蒜皮的小事，都记得一清二楚，且耿耿于怀。俗话说，人到了晚年，眼前的事老是记不住，而很久以前的事却记得非常清楚。人的痛苦，有很多的原因，比如攀比、小心眼、灰暗的心理等，但人的记忆是造成痛苦的一个不可忽视的原因。"该忘的就不要想得太多"，这是充满人性的关怀和提醒，我们应该愉快地接受，并学会感恩生命，在有生之年，忘掉所有不开心的东西，抛开所有不快乐的记忆，在阳光雨露的爱抚下，幸福地活着——难道还有比这个更要紧的事吗？

在人的心灵深处，都有一个单间，那是一个不容他人涉足或窥探的领地。在这个单间里，该放些什么、该不时地删除掉什么，是生活的艺术，也是决定一个人快乐与否的很重要的因素。我们每天要面对许多事物，要与许多的人和事打交道，这是不太好选择的现实；但是，你也可以主动地选择你认为有用的东西，放在"单间"里，取舍有度、收放自如，这是你的自由。

这段时间，中国的股市像发了疯似的。相互见面，就会问："你炒股了吗？"好像你不炒股，你就大大地落伍了。就像几年前，有本

进入所谓的思考状态

事的男人见面，往往会问"你离婚了吗"一样，因为那是身份和地位的象征。我不炒股，并不是因为我不喜欢钱，而是因为我要休息，我不想自己变成一只风筝，被股市这只手操纵，让我不能好好休息；人休息不好，就会显老，就会得病，甚至会送命，这是得不偿失的事——命都没有了，要钱干什么？

现在是该休息的时候了。关掉电脑，打开窗，柔柔的、略带暖意的夏风，非常怡人。我深深地呼吸，再伸个懒腰，人就舒缓了许多……

乡愁是一杯烈酒

前言不搭后语

幸福的人，容易忘怀。说这句话时，我想到了会有板砖拍下来，但我仍然要说，因为这是实践检验出来的真理。我还要说，不幸的人难以释怀，甚至是耿耿于怀。不幸的细节，会如同自己的呼吸，一时一刻也离不开。写这段文字时，我确认自己已经微醉但绝对不是胡说八道，因为，通常的情况下，说胡话时我已经进入梦乡。外面没下雨，心中有雨滴答。

爱情是一朵娇艳的花，可这朵花容易凋零，不管我们承不承认，事实就是如此，我们无法改变。我相信，一切的一切，都可以找到根源，就像我们的来路，也许不会那么清晰，但路在脚下，路更会在脚下延伸，你是否迈开脚步，已经不重要。人这一生其实很难，虽不至于上青天，却会让我们仰天长叹！幸福的路如何走，很难找到标准的答案。

我要睡觉了，头很重。外面纷乱，想说的一个比喻，在雨中消失。你不要告诉我你是谁，你已经在我的心中留下烙印。生活就是这样，刻意的往往会失去，是所谓"有心栽花花不开，无心插柳柳成荫"。不必强求，一切都有定数，包括前途甚至命运。幸福的人儿在幸福的怀抱里沉睡，香甜的梦里有香甜的故事无法诉说。

想找一个人彻夜长谈，蓦然回首，那人却不在灯火阑珊处，空留明月与我相照。点燃一支香烟，深深吸一口气，发现自己还活着，而且活得很真实。我除了叹息，却不知道该如何表达这一刻的情绪。夏风吹响了梧桐的叶子，我在梧桐树下默默无语。一池的莲花举起了小手，我也举起手，保留孩子般纯真的眼神，朗朗的笑声，在夜空格外真切。

外面的雨，很轻柔，我突然觉得一切都在消失。美好的容颜就像一张纸，经不起风吹雨打。我想怀着少年的忧郁，却发现这很滑稽，进而就有了无伤大雅的尴尬。我钦佩歌德，年老的心依旧是那样的柔软，我有烦恼，却不是少年维特的烦恼。山河依旧，山河其实早就发生了变化。我们眼拙，站在山河的边上，有些傻傻的却往往自作聪明。

"傻人有傻福"，这是一句老话，它要表达的意思显而易见。争，在当下已成为不争的事实，谁都无法回避。你争我夺，狼烟四起，真的很有意思，说这句话的时候，你首先要成为旁观者。谁都想坐在主席台上，那是地位和荣耀的象征，可是，谁又能明了坐在主席台上的人，其内心所拥有的苦衷？种瓜得瓜，种豆不一定得豆。

月光下，空蒙的苍穹充满着神秘，丝丝的雨，加深了深不可测。在天边，一切都是浮云，所有的追逐都会烟消云散。想躺在天边做梦，不知道有没有人陪我，但我依旧喜欢在漆黑的夜里驰骋想象。盛夏，会有许多的成长悄无声息，包括圣洁的情感，汇入溪流自然而然。此刻，睡意袭来，这是酒精的作用，藏匿着不安。

"青春易逝"。睡前，我突然想到了这个古老的话题，这足以说明我已经开始衰老。肉体的衰老不可怕，谁都无法阻止这一切，可怕的是一颗心早早地衰退。人生一世，草木一秋，都会如过眼烟云，这个道理人人都懂，但我们无法躲藏。没有不朽的时间，看着时间在指缝间溜走，我们却无能为力。"不虚度时光吧，继续努力"，这似乎是我的呓语……

沙粒与珍珠

　　一个年轻的大学生，常以"天之骄子"自誉，以为自己很有才干。毕业后屡次碰壁，一直苦于找不到称心如意的工作。但是，他不从主观上寻找失败的原因，反而觉得自己怀才不遇，是社会对他不公，因此对社会感到非常失望。多次的碰壁，让他伤心而绝望，他常常愤愤地抱怨，怨恨自己生不逢时，没有伯乐来赏识他这匹"千里马"。

　　痛苦绝望之下，有一天，他来到大海边，打算就此结束自己的生命，以示对所谓不公的抗争。在他正要自杀的时候，正好有一个老者从附近经过，看见了他并且救了他。老人问他为什么要选择走绝路，他向老人诉说了自己的才华、自己的抱负；他说自己空有满腹的经纶、空有一腔凌云壮志，却得不到别人和社会的承认，没有人欣赏和重用他；他觉得继续活下去实在是浪费生命，所以选择了"短痛"……

　　听了年轻人的诉说后，老人神情凝重，但他并没有直接批评年轻人，而是从脚下的沙滩上捡起一粒沙子，让年轻人看了看，然后就很随便地扔在了沙滩上，对年轻人说："请你把我刚才扔在地上的那粒沙子捡起来吧……"

　　"这，根本不可能！"年轻人流露出不屑的眼神。

　　老人没有说话，从自己的口袋里掏出一颗晶莹剔透的珍珠，也是很随便地扔在了沙滩上，然后对年轻人说："你能不能把这粒珍珠捡起来呢？"

"当然可以！"年轻人不假思索地回答老人，并在心里直犯嘀咕——老人不会是有病吧，怎么会提出这样可笑而弱智的问题？

老人从年轻人的眼神里明白了他心里所想。老人十分慈爱地对年轻人说："你是聪明人，那你就应该明白这是为什么了吧？你应该明白现在的真实自我，现在的你还不是一粒闪闪发光的珍珠，所以你不能苛求别人立即承认你并委以重任，更不能把责任推给别人，以至和整个社会'过不去'。如果要别人承认，那你就要想办法使自己成为一颗珍珠才行。"

老人的一席话，说得年轻人低下了高傲的头颅。他对自己以前的认知有了醒悟：老人说得太好了，有时候，你必须知道自己只是普通的沙粒，而不是价值连城的珍珠；你要想卓越不凡，就得有"鹤立鸡群"的足够资本才行；忍受不了打击和挫折，承受不住忽视和平淡，就很难得到辉煌；若要自己卓然出众，那就要努力使自己成为一颗珍珠。

看到年轻人有了愧意，老人一脚将那颗珍珠踹进沙里，并掩埋了它。年轻人不解老人此举的用意，于是将目光投向老人。"你看，刚才晶莹剔透的珍珠，现在被我埋在了沙里，你还能看见它闪闪发光吗？当然不能！人有时会如一颗珍珠，在现实的滚滚红尘中随时有被埋没的可能，因此就会产生许多难以排遣的痛苦。所以，即便你是一颗很有价值的珍珠，也要有耐得住寂寞的心理承受能力……"老人轻拍年轻人的肩膀："你还记得那两句古诗吧，叫作'千淘万漉虽辛苦，吹尽狂沙始到金'。年轻人，你我有缘，振作起来，努力朝前走吧……"

说完，老人飘然若仙般地离去。年轻人望着大海，潮涨潮落，顷刻之间……

出人意料的答案

在现实生活中，有些事情的答案是确定的，有些答案看似确定但是其结果或许恰恰相反。比如，多年前，和一个朋友闲聊时，我就拿出两个试题请他给出答案，结果正好与实际答案相反，弄得这个朋友感慨不已。试题如下，你不妨也测试一下——

试题一：如果你知道一个女人怀孕了，她已经生了 8 个孩子。其中有 3 个耳聋，2 个眼瞎，1 个智障，而这个女人自己又有梅毒。请问：你会建议她堕胎吗？

朋友刚想回答，我建议他先不忙回答这个问题。紧接着，我又给出第二个试题。

试题二：现在要选举一名领袖，而你这一票很关键，下面是关于 3 个候选人的一些事实，可供选择时评判：

候选人 a：跟一些不诚实的政客往来，而且会星象占卜学。他有婚外情，是一个老烟枪，每天喝 8 到 10 杯的马爹尼；

候选人 b：他有过两次被解雇的记录，睡觉睡到中午才起来，大学时吸食鸦片，而且每天晚上喝一大杯威士忌；

候选人 c：他是一位授勋的战斗英雄，素食主义者，不抽烟，只是偶尔喝一点啤酒。从没有发生婚外情。

请问你会在这 3 个候选人中选择谁作为你心目中的领袖？

我的那个朋友，将选择好的答案写在纸上并递到我的手上，我没有立即展开，而是告诉他这 3 个人分别是——

候选人 a 是富兰克林·D·罗斯福；

候选人 b 是温斯顿·丘吉尔；

候选人 c 是阿道夫·希特勒。

朋友张大了嘴巴。我问他是否为人民选择了希特勒做领袖？朋友连连点头称是。接着，我又问朋友："那你会建议那个妇女去堕胎吗?"

朋友很自信地回答："这个问题的答案应该是显而易见的。我们接受优生优育教育多年了，我当然会建议这位母亲去堕胎的。"

我告诉他："你杀了贝多芬，那个妇女是贝多芬的母亲。"

朋友再一次张大了嘴巴。我对他说："你吓了一跳吧？本来你以为是很好选择的答案，但结果却是扼杀了贝多芬，创造了希特勒。"

两个试题，让朋友沉思了许久。这两个试题，我也做过，同样交出的答卷是不合格的。

在生活中，我们很容易凭经验办事，凭既定的一些道德评判标准，去对另一些未知的事物做出自以为是的判断，这很容易得出让自己瞠目结舌的答案。答案，会是出人意料的，在我们的日常生活中，同样会遭遇一些出人意料的结局。生活常常会和我们开一些不大不小的玩笑，有时甚至让我们在出人意料的结局面前，显得措手不及或无地自容。

在生活面前，我们似乎永远都是小学生，永远都应该有着谦卑的姿态。因为，我们无法预知许多我们不知的答案，心怀谦卑，我们也许反而会显得从容一些……

说话是一门很深的学问

　　说话，绝对是一门学问。我想，对此不会有不苟同者吧？

　　童言无忌。说的是，儿童天真无邪，心里怎么想的，嘴上就会怎么说。小孩子说话大都不会转弯抹角，更不会"见人说人话，见鬼说鬼话"。即便是撒谎，在很精明的大人眼里也会显露无遗。因为小孩子的撒谎，几乎都是此地无银三百两似的"雕虫小技"。

　　大人们撒谎，很多人水到渠成，技艺炉火纯青，而且脸不红，心不慌，丝毫看不出破绽，就像一些人的溜须拍马功夫甚是了得一样。有时撞见一些人对上司的奉承，那副嘴脸和德行，真让我佩服得五体投地，转过身之后，我都觉得汗颜。

　　忠言逆耳。在现实生活中，能够很大度地对待来自别人的批评意见的人不多，接受并且能够立即改正的人更是凤毛麟角。"怀恨在心"，这往往会是一些人在听取了逆言之后的"条件反射"。

　　说出"水能载舟，亦能覆舟"警世名言的唐太宗李世民，应该是颇有雅量的一个皇帝，他常常鼓励大臣们直谏，并推出奖惩举措。就是这样一个明君，面对一次次让他下不了台的魏征，私下里一次次咬牙切齿："朕一定要杀掉这个乡巴佬！"每当此时，皇后总是好言劝慰，请唐太宗吃"定心丸"："魏征敢于冒死谏言，还不是因为陛下贤德开明，因为你是明君，才会有不怕死的忠臣……"一番话说得李世民龙颜大悦，魏征才能死里逃生。

　　良药为何一定要苦口呢？现代人聪明，会将很苦的药，用糖衣包裹起来，这样病人在吞咽时，就可以免除苦口之苦了。小孩子对苦药会有本能的抗拒，聪慧的成年人拒绝苦药，谁都会有几招独门"绝技"或"暗器"。

过去我们党有三大优良传统，其中一条就是批评与自我批评。据说，现在的这一优良传统，在某些地方、某些单位的党内民主生活会上早已与时俱进，被大大地"进化"了，就像一则广告词：你好、我好、他也好……

写到这里，我发现自己就很不会说话。话，说得如此直白，如此有刺，肯定会让一些人看后很不舒服。中国有句俗话，叫作：江山易改，禀性难移。莫非我天生就不会说"转弯抹角"的话？果真如此，我只好自说自话，也罢，也罢！

人的一辈子，很多时候都在说废话。说言不由衷的废话，说貌似正确却毫无用处的废话，说冠冕堂皇却味同嚼蜡的废话。当然，还免不了要说各式各样的谎话。很多的时候，如果不说这样的话，可能真的无话可说。

"凡是像话的话，都不必说——那就不说。"（木心）

那就不说了吧！

乡愁是一杯烈酒

消失的 "纯"

做人应该纯洁。我想，反对的人不会太多，最起码嘴上不会反对。

突然怀念纯洁，是因为"纯洁"在现如今已是一个非常稀罕的东西了。稀缺的东西，就容易让人怀念，就会产生保护她的欲望。比如，大熊猫是个稀罕之物，人们就千方百计地保护它。

如今，地球上的物种，因为遭到人为的破坏，在一天天减少，有的濒临灭绝……我在想，人类非常宝贵的纯洁，会不会像其他物种一样，走向灭绝之路呢？每当想到这里，不免惊出一身冷汗。

也许，这是我的庸人自扰……或者，是吃饱了撑的……

别人怎么看，我无所谓。怀念纯洁，发自内心，而且自信会有许多朋友应和。

去年春节前收到一条短信：当春节快到的时候，让我们回忆很久很久很久以前，那时天是蓝的，水是清的，水产品都是野生的，耗子还是怕猫的，猪肉是可以放心吃的，农药是会喝死人的，结婚是要先谈恋爱的，孩子的父亲是明确的，拍电影是不需要陪导演睡觉的，照相是要穿衣服的，理发店是只管理发的，学校是不图赚钱的……现在只有我对你的新春祝福是纯的……当时，收到这条短信感动了好一阵子，也感慨了好一阵子。

今天，在某报上看到了一篇人物专访，是一位记者采访一位书法家。通览全文，有一种怪怪的味道，作秀、作秀、还是作秀，除此，我再也找不到其他的感觉。记者采访的腔调有点忸怩作态，被采访的那个书法家可就有点装腔作势了。"不要叫我书法家……"，看似谦虚，心里该是在想：你应该叫我大师才对（嘿嘿，恕我妄加揣测）。文章里大段引用这个书法家的哲学高论，看后，怎么着都是晕晕乎乎的。

我不喜欢这样的做作。同出一地的另一位文人就比这一位可爱得多了。他的可爱之处，在于他的赤裸，心里怎么想的，嘴上就怎么说，无论自己写还是请人吹，都非常一致，虽然他的感觉是太好了，但我依然不讨厌他的直率。

这是来自现实的声音，敲打键盘的时候，自己都有点百感交集。面对这个世界，上面所举的两个小例子，实在是太小儿科了点。若放到官场去比照，那真的是太湖比夜壶了啊……呵呵……

是因为看了那篇文章，才想起了那条短信，也就怀念起纯洁这个东西了。因为，心怀纯洁，在当今的社会，是多么难能可贵呀！而要坚守这个纯洁，该又是多么地举步维艰。

不是吗？当经济大潮袭来，许多人都变得唯利是图，一个"钱"字，竟让许多人不知世上还有"羞耻"二字……前几天报载，某某是彻底地"栽"了，"政治局委员"，是多么令人敬畏的字眼啊！可是，当剥下他的"画皮"，露出他的真实嘴脸时，你会有何种感慨呢？从揭露出的贪官看，没有一个逃离"权、钱、色"这个怪圈的……想到那些道貌岸然的伪君子在台上的表演，真的令人作呕。

好了，就此打住。愿"纯洁"之水，远离"蓝藻"……

鸟的考试让人原形毕露

鸟爸爸带领孩子在天空练习飞翔。

一朵朵乌云与鸟擦肩而过，风儿不时地向小鸟示威，小鸟很害怕。鸟爸爸鼓励孩子们："别怕，眼睛向前，心要平静，翅膀扇动均匀……"鸟爸爸在前面不停地示范，孩子们紧跟其后，慢慢地能自如飞翔——由低到高、由慢到快，小鸟对爸爸非常佩服。

它们继续飞翔。小鸟问爸爸："世界上最高级的生灵是什么？是我们鸟类吗？"

鸟爸爸答道："不，是聪明的人类。"

小鸟又问："人类是什么样的生灵呢？"

"人类？……就是那些经常向我们巢中投掷石块、偷妈妈辛苦生出的蛋宝宝、用枪打我们、用网抓我们、想吃我们肉的生灵。"鸟爸爸有些愤愤然。

小鸟有些恍然大悟："啊，我知道啦！……可是，人类优于我们吗？他们比我们生活得幸福吗？"

"他们的智慧或许优于我们，比我们聪明许多，却远远不如我们生活得幸福！"鸟爸爸说这句话时非常自豪，对人类也有些不屑。

"为什么人类不如我们幸福？您不是说人类比我们聪明许多吗？"小鸟不解地问父亲。

老鸟答道："因为在人类心中生长着一根刺，这根刺无时不在刺痛和折磨着他们，他们自己为这根刺起了一个名字，管它叫作'贪婪'。"

小鸟又问:"贪婪?贪婪是什么意思?爸爸,你知道吗?"小家伙大有打破砂锅问到底的劲头。

鸟爸爸呵呵一笑:"不错,因为我了解人类,也亲眼见过他们内心的那根贪婪之刺。孩子,你也想亲眼见识吗?"

"是的,爸爸,我也想亲眼见见识呢!"小鸟连拍翅膀。

"这很容易,若看见有人走过来,赶快告诉我,我让你见识一下人类内心的那根贪婪之刺。"

鸟们继续往前飞行。少顷,小鸟便兴奋地叫起来:"爸爸,有个人正向我们走过来啦!"

老鸟对小鸟说:"孩子,你飞到那棵大树上等爸爸,不管发生什么事你都不要离开。待会儿,爸爸要自投罗网,演一出戏给你看,让你看清什么叫人类的'贪婪'。"

小鸟既兴奋又为爸爸的举动而担心:"如果你受到伤害,那我该怎么办呢?……"

老鸟安慰它的孩子:"孩子,你不用担心,就待在树上看好戏就行了。因为,爸爸熟知人类的贪婪,我知道怎样从他们的手中轻而易举地逃脱。"

说罢,老鸟摸了摸小鸟有些惊恐的头,飞离小鸟,落在来人身边。那人伸手便抓住它,乐不可支地叫道:"我要把你宰掉,吃你的肉,你这个不知死活的小东西!"

老鸟对那人说:"我的肉这么少,能填饱你的肚子吗?"

那人满脸幸福:"肉虽少,却鲜美可口!"

老鸟说:"我可以送你远比我的肉更有用的东西,那是三句至理名言,假如你学到手,便会发大财呢!"

那人急不可耐:"快告诉我,这三句名言是什么?"

老鸟眼中闪过一丝狡黠的目光,款款说道:"我可以告诉你,但是我有条件:我在你手中先告诉你第一句名言;待你放开我,我便告诉你第二句名言;等我飞到树上之后,才会告诉你最最重要的第三句名言。"

那人一心想发大财,哪里想到这只鸟的计谋,便马上答应:"我完全接受你的条件，快告诉我第一句名言吧！"

老鸟不急不慢地说道："这第一句名言便是：莫要惋惜已经失去的东西！根据我们的条件，现在请你放开我。"于是，那人松手放开了它。

老鸟落到离那人不远的地面继续说道："这第二句名言便是：莫相信不可能存在的事情！"说罢此话，老鸟边叫着边振翅飞上孩子们等候它的那棵树的树梢，开始嘲笑那个人："你真是个天底下最蠢的大傻瓜！如果刚才你把我宰掉，你便会从我的腹中取出一颗重达500克、价值连城的大宝石。"

那人闻听此言，懊悔不已，把嘴唇都咬出血来。他望着树上的鸟儿，仍惦记着他们刚才谈妥的条件，便又说道："请你快把第三句名言告诉我，你不能说话不算数！"

机智的老鸟讥笑他："贪婪的人啊，你的贪婪之心遮住了你的双眼。既然你忘记了前两句名言，告诉你第三句又有何益？！难道我没有告诉你'莫惋惜已经失去的东西、莫相信不可能存在的事情'吗？你想想看，我浑身的骨肉连同羽毛加起来也没有500克重，腹中怎会藏有一颗重量超过我自己的大宝石呢？！……"

那人闻听此言，顿时目瞪口呆，自以为聪明的人竟被一只鸟戏弄，脸上的表情甚是尴尬……

一只鸟儿，就这样无情地调戏了一个人。老鸟回望自己的孩子："孩子，你现在可是亲眼见识过了？"

小鸟亲眼见证了这一幕，有些激动地说："是的，我真的见识过了，可这个人怎么会相信您的腹中藏有一颗超过您体重的宝石，怎么会相信这种根本不可能存在的事情呢？"

老鸟回答："贪婪所致！因为贪婪，迷住了人类本已很聪明的心智。孩子，这就是人类贪婪的本性，也许很难改变……"

"哦，爸爸，我似乎有些明白了，所以你说人类并没有我们生活得幸福……"小鸟因为长了见识，开了眼界，显得特别开心。

它们继续在蓝天飞翔，寻找属于自己的快乐，将那个两眼发直的人，远远地抛在身后……

拉橡皮筋

　　一对朋友，从相恋时的如胶似漆到分手时的兵戎相见，时间不过过去了一年多。这中间的酸甜苦辣的滋味，恐怕只有当事人最清楚。

　　他们恋爱时，我见证过他们的那份甜蜜。他们分手时到了不可收拾的地步，想到了我这个所谓的老师，希望我能从中斡旋，能给予心理方面的指导——目的却是截然不同：一个是想和好如初，再一次牵手；一个却是尽可能早点分手，脱离"苦海"……

　　我虽然懂得一些心理学，也明了他们各自的内心世界，也可以做一些对症下药的工作。问题是，心理学的作用不是万能的，"说说容易做起来难"倒是实践得出的真理。"旁观者清"，对这句话我一直是持怀疑态度的，因为许多时候所谓的旁观者看到的仅是问题的表象和皮毛；"解铃还须系铃人"，才是解决问题的关键。只是，当事人处在矛盾的漩涡时，往往很难拥有一双慧眼，来将这个烦扰的世界看得清清楚楚、明明白白。

　　朋友的问题依旧还是一个问题，还会有一段不长不短的拉锯战。这是他们的问题，作为朋友可以做一些善意的劝慰，但是无法替代他们走路，更无法决定他们是松手还是继续牵手。在分别约见当事人，聆听了倾诉，并做了一些心理抚慰后，跳出这个个案，想想情感的错综复杂，用"感慨万千"来形容自己的心情，恐怕也无法明了。

　　"相爱总是简单，相处太难"，一句很熟悉的歌词突然跳出来，朝我做着鬼脸，似乎在嘲讽世人的情感。爱，意味着无私的付出，意

乡愁是一杯烈酒

味着为了挚爱的那个人，可以奉献自己的一切，哪怕是赴汤蹈火也在所不惜。有过情感经历的人，对热恋时的那些甜言蜜语可能依然记忆犹新，那些让人当时感到情不知所以、如今却是感到浑身起鸡皮疙瘩的海誓山盟，会让人们唏嘘不已……此一时，彼一时，同一个人，换了一个时空，却是那样陌生。人，有时都不认识自己，何况是另外一个人。

变，是绝对的；不变，只是相对的。这是一个哲学命题，放在情感世界，依然也是一个难解的命题。许多的恋人，从牵手的那一刻起，无不期望终生牵手甜甜蜜蜜地往前走，直到天荒地老海枯石烂也不回头、不分手。每一对恋人从牵手，到十指相扣步入婚姻的殿堂，无不信誓旦旦：你是我的最爱，爱你到永远，恩恩爱爱永不分手，此心永不负、明月可鉴证……但是，问题就出在了"但是"。但是之后，我们倒是见证了海誓山盟后的许多悲喜剧，在我们的周围，我们看到的或许是很多爱的闹剧……

这个世界怎么啦！这个世界并没有"怎么啦，倒是生活在这个世界上的人，却让这个世界看不明白，反问我们人类："你们是"怎么啦?!"我们是怎么啦？谁能给予这个世界一个确切的答案？

在对朋友的情感做分析的时候，我提出了"爱与喜欢"是两个截然不同的情感层面这样的概念，起初他们并不十分赞同，因为他们不能接受我对他们起初情感状态的分析。我认为他们仅仅是相互吸引，因而产生了"喜欢"这样的情感——男性的阳刚爽朗的一面，女性温柔妩媚的一面。可是，在接触久了，尤其是在一个屋檐下吃饭进入"同居时代"，各自原来的面目就不太注意"修饰"了。当两个人都赤裸裸地生活在一起的时候，呈现给对方的就不会仅是美好的让对方喜欢的那一面……男的阳刚爽朗的背面，却是专制、主宰的欲望暴露无遗；女的温柔妩媚的另一面，倒是撒娇加上任性。两人从小摩擦开始，直到水火不容的境地。

我问男的："你深爱着对方吗?""那还用说吗?"他非常坚定地说。我说："错！你并不是真正深爱着对方，你只是面对这样的结局心有不甘，你更需要对方给你一个'为什么'真正的爱，不在牵手时的柔情似水，而是在分手时的豁达与大度，请问你做到了吗?”这个朋友不再言语，当然并不是我已经说服了他，这依然会是他的困惑，也会是有着同样经历的人的困惑。

也许，感情从来就没有对与错，只有爱与不爱。爱的时候，我们自会坦然面对。问题是不爱的时候，我们能否依旧坦然地面对，做到好合好散。事不关己，谁都可以“高高挂起”，轮到自己的时候，有几个能做到进退自如呢？谁都不能坦然处之，或许这才是情爱的本来面目。

前不久，在一本书上看到这样一句话：“感情有时候就像两个人拉橡皮筋，受伤的总是不愿意放手的那一个。”这是一个非常简单的游戏，不妨做一做这样的游戏，或许它会让我们有一些意外的领悟，让我们在困顿中找到解决问题的方式，从而让我们逃离苦海，找到新的彼岸，开始新的生活。

人生苦短，为情而苦而困，真的得不偿失。山外有山，天外有天，一边行走，一边欣赏无边无际的风景……

乡愁是一杯烈酒

吸纳与摒弃

　　成长，是快乐的状态，一天天长大，一天天趋于成熟。

　　成长，也是烦恼的状态，五味杂陈，是成长状态中应有的滋味。

　　行走，或许最能表达成长的情形。在行走的过程中，吸纳前人的聪明智慧，学习今人的经验与教训，以便更好地进步、更稳妥地前行。在行走的途中，同样会吸纳一些于成长不利的东西，这就告诉我们要学会辨别，把行走过程中不知不觉沾染的或者外界释放的那些丑陋的与狭隘的统统摒弃，不断地打扫身上的灰尘，洗涤心灵上的污浊。

　　吸纳古今中外智慧的精华，你便会渐渐地长大，渐渐地一次次完成心灵的洗礼，也在不停地完成心灵的救赎。自己脚下的路，就会随之变得越来越宽畅，越来越亮堂。与善、爱、智慧为伍，心灵之树，就会逐渐丰满圆熟。同样是一双脚，因为心灵的宽广，就会走向更为辽远的地方。

　　一个人，在生活中必须有一种信仰，这就像一个人的脊椎，在人体中是非常重要的部件，也是不可替代的"中流砥柱"。一个人没有信仰，就好比没有灵魂，而没有灵魂的人，无论他身居多么重要的职位，也不论他多么有钱，他都是极其可怜的。明白了这一点，对于官场上揭露出来的那些丑恶的现象，就会坦然面对，根本不会大惊小怪。

　　人，是多么渺小。在广袤的世界里，人有时还不如一棵柔韧的小草。人，毕竟不同于小草，因为小草的欲望很低，要求也很小，不论身处何种境地，都能乐观地面对生存的环境：牛羊咀嚼，人为的践踏，烈日暴晒，狂风摧枯拉朽，久旱无雨……小草，都会设法将自己的根，往泥土里尽可能扎紧扎深，依旧快乐地活着。

可是，面对生存的环境，很少有人能像小草那样淡定自如，像小草那样知足常乐。因为，人有所谓的面子、所谓的尊严、所谓的幸福生活标准等等，这就会让人面对短暂的一生无所适从，常常会被那些看似非常实际却是十分虚无荒诞的因素所左右，常常在得失之间给自己增加切肤之痛。

吸纳与摒弃，说得直白了，就是取与舍。汉字的取与舍，结构还是简单的，意思也很明了，谁都会懂，但谁都很难说自己这一生，在取与舍之间能够做到应付自如，过得了取舍关。

接下来，我想对"取"与"舍"，做一次望文生义式的断义。"取"字，左右结构，左边是耳，也似目，这好比在说一个人的取，往往会取决于自己的"耳"与"目"：这里面最大的学问该是日常生活中的种种比较，看见别人的高官厚禄，听到别人生活地富足潇洒，很少有人不会比较一番的。问题往往就出在这个"比较"上，俗话说"人比人，气死人"，讲的就是比较所带来的祸害。人的物质欲望是没有止境的，一旦打开欲望的闸门，很少有人能够自己收手。一次"又"一次的攫取，该是最生动的"取"的状态。再来说"舍"字，是上下结构，仔细一看，有点像一座房子，由"人""干""口"这三个字组成，窃以为，祖先在造"舍"字时，想告诉后人，人的一生其实很简单，有房子住、有活干、有饭吃，能满足基本的生存需要就可以了，是想告诉后人要明智地"舍"。后人可能更聪明，往往在"住什么样的房子、干什么样的活、吃什么样的饭"等问题上穷追不舍，而且很难把握分寸……

呵呵，以上对取舍的"断义"，只是我的杜撰，丝毫没有根据，也没有典故，仅仅是此时此刻的一些胡思乱想而已——黑板写字，擦掉就不能算数了……

乡愁是一杯烈酒

沙漠绿洲

在我们貌似忙碌的生活中，孤独的时光可能像是沙漠中奢侈的一片绿洲。正因为稀缺，孤独才会是思考、决策、自我关注、学习时所必须拥有的素养。在交流和沟通非常重要的今天，孤独是一种必要的习惯，慢慢地在孤独中找到快乐的途径，并让孤独的生活产生一些意义，也就自然而然地留下了回忆。

人与自然的亲密接触是一件很愉悦的事，我们在欣赏青山绿水的同时，考虑的不是如何索取，而应是付出——为头顶的这片蓝天尽自己的绵薄之力，对万事万物保持尊重和敬畏。在美丽的田野上，看野花随风起舞，听虫吟蛙鸣，会让人的身心如沐浴甘泉。学会感恩，在得福的同时学会惜福，进而力所能及地种福。种福，当然包括对自然的感恩与回报。

想想我们的追逐，有时真的很滑稽、很可笑，就像黑熊掰玉米贪心不足的样子，结果所获并不多，甚至两手空空、得不偿失。与乡邻们相比，我们同处一片时空，却演绎着不同的人生片段，走着不同的人生之路。说实话，我客居的地方，人们的生活的确很单调，吃过晚饭后，大多数人基本上就是上床看电视了，没有别的娱乐活动，但他们习惯了"风轻云淡"的寂寥，并且在安于现状之中过着自己不咸不淡的日子。从他们坦然的笑容中，我读出了生活的真正内涵。

在茅庐居住，与乡亲们打成一片后，从他们的身上看到了质朴的可爱。他们沿袭着日出而作、日落而息的生活习惯（虽然距离湖州只有20公里），似乎与都市的生活有些脱节，但他们知足常乐，恬淡自如，面对外面精彩纷呈的世界，能够心平气和。这是在慢慢品味生活，在鸡鸣狗吠中享受安静的人生，像天上悠然的云彩。

菜根香，幸福长。这是今天看到的一篇文章的题目，这篇文章很朴实，道理浅显，能让人愉快地接受。人与自然和谐相处，人热爱自然，自然会回报热爱她的人。在一些美丽的乡村，我们看到了现代版的《桃花源记》。前年到安吉采风，写了一篇报告文学名字叫"人在画中游，物我两相忘"，我被美丽的乡村深深吸引着，在美丽的乡村行走，身心俱佳，怡然自得。

我们习惯急匆匆往前走，往前走的目的是要寻找幸福和快乐，但是幸福和快乐也许已经失落在急匆匆的步伐里。我们总是觉得没有太多的时间，没有太多的乐趣，于是觉得压力很大，觉得生活得并不幸福。走向自然，在大自然的怀抱，我们好好欣赏那份纯天然的美景，慢慢行走，慢慢在美丽的原野放飞疲惫的心灵。

天上有个太阳，水中有个月亮，它们此消彼长，相互依存又互不干涉。当然，这只是在某一特殊地域产生的想法，换一个地方，或许就不妥了。常常会对着天空发呆，而不在意天空有没有太阳和月亮，就像一只鸟的飞翔，也不会太在意天空的云彩是什么样的模样。人，同样不必太在意生活的环境，反正你是为自己而活着……

乡愁是一杯烈酒

活着真好

活着真好！有这样的感觉，是因为你对这个世界充满感激。这个世界，不如意的东西，肯定多于如意的东西，正如痛苦要多于快乐。我们要能从庸常的生活中，找到属于自己的幸福。这些，别人是无法替代的，因为别人不能代替你去感知属于你的生活，梨子的滋味，只有你在品尝之后才能感觉得到。

就像今天的天气，忽阴忽晴又忽雨，天的喜怒无常，只有天知道。人，可以用技术的手段，感知天的脾气，但却无法左右天的意志。"人定胜天"，是一种意志，我不能说出它的错误，但是，我知道，在目前这种状态下，我们人类时常在天的面前显得束手无策。

我不知道自己要表达些什么，实际上，我是想到哪里就写到哪里，毫无目的。

此刻，坐在电脑前，敲着这些并没有多大意义的文字，对谁都不会有多大用处，但我喜欢，这就够了。或许，我要的就是某种感觉。人，时常是活在感觉之中的，不管你是否定还是肯定，事实就是这个样子。不信，你可以试试，假如没有了感觉，你还能活出什么样的生活？

我很知足，也很浅显，甚至有点傻，但也有点可爱——因为我的天真、因为我的单纯——这实际上是我给自己的好听的词语，说白了，就是傻帽一个。对此，我很清醒，但我不想改变初衷。我想不出改变的理由。

"活着真好"，这是我发自内心的感叹。纵然你可以拥有这个世界，但命都没有了，这个世界还是你的吗？答案不言而喻。有的人拼命地追逐，恨不得这个世界上的人都死光，就剩下他一个人。可是，当这个世界就只剩下他一个人了，他还有幸福和快乐吗？答案也是确定的。这是一个非常弱智的问题，但是，聪明的人类，能真正想得通并做得到的，恐怕真的不多——不是我悲观，是说出了真相。

乡愁是一杯烈酒

命运是个说不清的东西

尼采曾经说过："聪明的人只要能认识自己，便什么也不会失去。"正确认识自己，才能使自己充满自信，才能在不同的时期明白自己的追求而不至于迷失方向，也才有可能让自己的一生活得无怨无悔。然而，正确认识自己说说容易，做起来何其之难！人最难的莫过于正确认识自己和他人，能有自知之明必能善待他人。

命运，这是人们常常谈及的话题。认命，则是人们对自己生活现状的一种认同方式，而宗教更是常常用"命"这样的载体来奴役人们的思想和肉体——一根无形的绳索束缚着人们，让人们俯首帖耳，任凭所谓的命运去宰割。虽然生活赋予我们每个人的并不是完全相同的命运，但很多时候命运的底牌握在自己手心。有好的"命"的人，如果不加珍惜，不一定会有好的"运"；同理，没有好的"命"的人，如果不屈服于命运的安排，自强不息，就会"时来运转"。

假如有上帝，我希望这个上帝是大众的，是大公无私的。"给予此就不给予彼"，不能将好处只给少数人，甚至让个别人占尽所有的风光。我们不能不承认"命运"的存在，但是我们不能认命，要敢于向命运抗争。天生我材必有用，机遇是为那些有准备的人留着的。只要我们有自知之明，积极向上就能谱写美丽的篇章。

世界上没有两片完全相同的树叶。这虽是哲学命题，但也是生活最基本的常识。按理说，每个人都是上帝的宠儿——假如这个上帝是存在的且公正廉明，我们没有必要羡慕别人的出身，羡慕别人近水楼台先得月，因为这已是无法改变的现实。聪明的人为自己正确定位，迎接挑战，昂首挺胸走向属于自己的未来。

充满自信，沿着自己选定的目标义无反顾地朝前走，为自己创造更多的成功和欢乐。而且，这样的成功和欢乐，是自己的双手收获的，里面浸透了勤劳的汗水和心血，辛勤的劳动者远比那些坐享其成的人，更能体会到真正的快乐。为什么官二代、富二代物质富足却精神空虚？那是因为得到东西太容易了，而太容易的幸福就不会珍惜。假如一个人富到除了金钱什么都没有的话，那就是真正意义上的乞丐。

许多成功者在谈论体会时，大多会讲到不信命不靠天，认准了的路一直往前走。不管遇到什么样的艰难险阻，他们都不会屈服于现状，更不会改变自己的意志，他们对于自己确立的信仰坚信不疑，坚信最后的胜利一定会属于自己。这种乐观的心态，会产生出一种神秘的力量，支撑他们不达到自己的目标誓不罢休！

人的一生，其实很像云中漫步，有时很难找到方向。在云中行走，远远望去，只是茫茫一片，不知该如何迈步。然而，当我们鼓足勇气，放下悲伤和彷徨，迈开双脚朝前走的时候，我们就会发现，每走一步就能将下一步看得更清楚，终于会明白，即便是云中漫步，只要你心无旁骛，就会找到"路就在脚下"的真实感。

路在脚下，要靠自己一步一步朝前走，谁都不能替代这样的"劳作"……

静坐与聆听

　　一片叶子落在地上，在飘落的过程中有没有叹息，我不知道，我看见的是叶子正静静地匍匐在大地的怀抱。在树枝上，叶子随风起舞；在大地的怀抱，叶子默默无语。一片叶子，展示的是生命的片段，完美的、残缺的，都是真实的演绎。就像鸟儿飞过，有没有在天空划过痕迹我不知道，鸟儿的羽毛却似一首歌，飘落的羽毛是快乐音符。

　　烟雨朦胧，看不清世界本来面目，世界变得小了，雨点的声音很清脆，让我想起雨中发生过的那些事。天意，我想到了这个词；适可而止，也是在此时跳出来的。有时，只有理解了自己，我们才会理解别人的选择，进而默默祝福对方。换位思考，这是很好的思维，会让我们多一些宽容，宽容别人也宽容自己。人生不易，许多刻意追逐的东西，大都是不可取的。

　　漂浮的雨丝，这是天空的柔情吧？请拿开伞，让雨丝轻抚你的脸庞，拂去你的惆怅以及那些难以释怀的回忆。此时，我想起了一张热切的脸，让人过目不忘的脸。微笑，是世间最好的良药吧，常萦绕在梦中，与我亲密无间。此时的雨水，与你的泪水已经浑然一体，你的笑靥如花，却让我沉静不语，耳边响起潺潺流水远去的背影。

　　有时，暗夜静坐，会有一些零碎的甚至是奇怪的想法出现，就像一位好友走过来和我畅谈，此时会是很快乐的，时间悄然无息。我会任散漫的思绪，像泉水一样自然流淌，然后在某一处汇合成浪花或者涟漪，将这些浪花掬起来，放在心里低语。在水面，我看见了自己的影子晃动，那是不真实的自己，但却是快乐安然的自己，就像情爱坐在水面晃动时的情景。

夜的黑暗，充满神奇和迷幻。有许多奇迹在夜晚创造，也会有许多罪恶在黑暗中滋生。我们睁大了眼睛看这个世界，而世界却像醉汉盯着自己。我们——主宰世界的人类，很多时候看不清自己，或者说不愿意看清真实的自己，我们宁愿看见自己的影子，尤其是拉长了的影子。我们拥有一双黑色的眼睛，在黑夜里长久地追寻，却找不到想要的那种光明。

我们不愿意停止追逐的脚步，苦苦寻求疲于奔波，可是到头来伸展双手，尽管手握着名利，却会觉得一切都是那样虚无。我们似乎拥有了许多，我们同时也在失去很多。许多沉甸甸的物质与荣誉，捧在手上却是那样轻飘。我们活着到底为了什么？我们怎样做才可以坦然面对最终归宿的到来？我想到了《好了歌》，问题是什么时候才是真正的"好了"？

我们每一个人都是这个世界的过客，既然是过客，快乐地生活，将人生当作一趟有意思的旅行该有多好。我们没有必要为了过多的攫取，为了身外之物，让自己身心疲惫做出得不偿失的蠢事。在寒山寺，我了解了"舍得"的故事，感触颇深，在舍与得之间能做出正确判断的无疑是智者。取舍不易，知人知己更不容易，就像人的一生很难挣脱名利的束缚。

在暗夜里学会聆听，就像泉水过滤心灵。这个世界过于喧嚣，也许在白天我们会有许多的身不由己，暗夜里我们可以转过身，点亮一盏灯，安静地端坐着，做一个单纯的聆听者。就像儿时听妈妈讲那些好听的故事，妈妈吟唱的歌谣让我们至今难以忘怀。"人是一个初生的孩子，成长是他的力量"（泰戈尔），聆听会让我们健康成长。

乡愁是一杯烈酒

看《菜根谭》吃菜根饭

《菜根谭》虽是薄薄的一本小册子，但是装帧古香古色，十多年前购得此书，一直珍爱有加，也常在闲暇时信手拈来阅读，从中汲取营养。我曾将此书比喻为人生的"青春宝"，常食之可以修身养性，也能使人步履轻盈永葆青春。

《菜根谭》是明万历年间问世的一部奇书，作者为洪应明。这是一部论述休养、人生、处世的箴言文集，作者用一条条精炼的箴言警句，向世人讲述为人处世的道理，书中的箴言警句，实为传颂千年的金玉良言。

《菜根谭》集儒家修身齐家治国平天下的思想、佛家超凡脱俗息念观心的禅机、道家清静无为乐天知命的观念于一体，人生百味，蕴含其中！纵观全书，文辞优雅如欣赏妙龄女子轻歌曼舞，含义醇厚似饮陈年佳酿，耐人寻味而且百读不厌。先哲有言在先："人生咬得菜根香，则百事可做！"又云："急功近名者，服之可当清凉散；萎靡不振者，服之可当益智膏！"由此足可见《菜根谭》所具有的神奇的"疗效"。甚至在日本，企业界一致认同《菜根谭》："论企业经营管理的书成千上万，而从根本上说，无一部能与《菜根谭》媲美！"

说了那么多，无非是表明我对《菜根谭》这部书的推崇和景仰，并不是说我已经对《菜根谭》有多少研究。反而觉得，读这本书读得越多，就会越觉得自己的愚钝。与人相处、与社会相容、与生活相亲相爱，做得还很不够，还有许多的迷惘有待化解。人，生活在社会中，多姿多彩的社会，每天都在上演着精彩纷呈的诱惑，要想置身事外，会有多么地困难。一册《菜根谭》，并不能解决所有的困惑，就像人烧香拜佛，并不能化解心中的痛苦与痴迷。

读《菜根谭》，吃菜根饭，是一种很不错的境界。当我一个人置身茅庐，一个人独对特定的时空，喝着白米粥，吃着自己种植的蔬菜，然后再去读《菜根谭》，就会有别样的感怀。这时，面对苍穹，面对星空，不仅仅感慨个人的渺小以及人生的短暂和无常……我曾对一个朋友说过："看淡了什么，才能放下什么。"这是读《菜根谭》后的一点感悟。人生痛苦，源于我们有太多的"执着"，因为放不下"执着"，所以就会陷入痛苦与烦恼的深渊。

"放下屠刀，立地成佛"，这是对特定人群而言的。"放下执着，就会快乐"，这是我对自己说的……

"闹忙"与充实

如果说到"闹忙"，我以为该是那些公众人物了。所谓的"闹忙"，简言之就是热闹繁忙。除了公众人物，谁能真正对"闹忙"一词有切身的体会呢！

谁可以称之为"公众人物"呢？窃以为，那些大大小小的各级领导、那些大大小小的各路明星，当然还有许多想方设法挤入这样的阵营的各阶层人士，比如"芙蓉姐姐"、以骂人出名的"大嘴"以及"我是流氓我怕谁"之流等等。

其实，并不是每一个人都可以做公众人物的，对此一定要有清醒的认识才行。做公众人物，最起码有两个典型的特征：一是要有足够的自信，相信自己天生就是一个了不起的人物，"天降大任于斯人"，这样的位置、这样的场合、这样的世面，非我莫属，做公众人物绝不可以有丝毫的谦虚心态和行为；二是要有强烈的表演欲望，给点阳光就灿烂，刮点风就能下雨，一到"舞台"就立马来情绪，对着麦克风和镜头收放自如，绝不可以有一丁点儿怯场表现……

如此说来，我们对公众人物在羡慕的同时，或许就会多一些膜拜了吧？最起码原先的那些妒忌心理，就会淡化许多，心理也就会随之平衡许多。我想，我已经看惯了热闹，也习惯了在安静的一隅静观世界的"闹忙"。年轻时，或许产生过"吃不到葡萄说葡萄酸"的心理，如果现在还有这样的心态，那真的是病得不轻呢！

鲜花、掌声、握手、微笑、视察、讲话……看起来，一定是很美的事情。如果是不停地握手、不停地微笑（职业性的）、不停地视察、不停地讲话、不停地开会……不知道会不会很累，会不会还是一件很美的事？有人乐此不疲，就再一次证明"存在的就是合理的"，有时旁观者的"清"，是不明就里的"清"。

记得以前看过周国平的一篇文章，好像叫《记得回家的路》。他告诉我们这句话有两层含义：其一，人活在世上，是总要到社会上做事的。如果说，这是一种走出家门，那么，回家便是回到每个人的自我，回到个人的内心生活。其二，如果把人生看作一次旅行，那么，只要活着，我们就总是在旅途上。周国平先生这里所说的家，我以为不是指我们的居所，而是指心灵的归宿。一个人，如果心灵没有栖息地，活得就会类似"孤魂野鬼"。

人，总得要生活在社会上和世界上，要扮演好各种角色，有时演戏也是一种生活的必需品，我们在理解自己的同时，也给别人多一些宽容。别人是否记得回家的路，那是别人的选择，我们可以经常提醒自己，时时记住回家的路，记得自己是"谁"。如此，便可以保持一定的清醒，过自己想要的那种充实的生活，在喧闹的社会找到自己的合适的位置。

不管世界如何"闹忙"，"闹忙"永远只占据世界很小的一部分，一个人也不可能永远"闹忙"下去，热闹之外的世界无边无际，总会有适合我们的位置，我们更可以时时提醒自己，不在世界的纷扰和热闹中迷失方向，过自己平淡却又是很有意思的日子。

乡愁是一杯烈酒

酒后的胡言乱语

孤独，是一个人与狂欢静静对酌，安静就是最好的佳肴。狂欢，该是一群人的孤单，需要用肢体语言发泄内心的孤独，面具只是必要的掩饰。

在这个物欲横流的时代，大多数的人走得太快，快到灵魂都跟不上了。粗重的喘息，代替了哭泣，而真正的眼泪，却被假笑替代。

生，容易；活，也容易；生活，不容易。以此类推：爱，容易；情，容易；爱情，不容易。

命运不容易琢磨，既具体也抽象。有人说："命运好比一副牌。"我想说的是："如果说命运是一副牌，那么，命运只负责洗牌，但是玩牌的却是我们自己，我们没有理由将责任推给所谓的命运。"

你对别人笑的时候，或许你的内心在流泪。如果你的微笑已经养成了习惯，就像和煦的春风，那么，你的笑大都是发自内心的了。此时的笑，就会感染别人，进而产生力量。

"看穿"一词，说说容易，做起来真的很难。比如，这些年流行的"人生三看，万事想穿"的口头禅就很有看破红尘的意味，会将人们刚刚想"看穿"的那一点脆弱的想法又淹没了。看穿，不用说更不用挂在嘴上，凡事只要有自己衡量的标准就行，如此一来，最多是偶尔偏离方向，而不至于迷失航向。

人生苦短，这些道理谁都明白。可是，在遇到具体的事情时，人们很容易误入歧途，尤其是处在特定的阶段，人很难学会"抽身"

跳出"界外"。攫取，是人们对人生迷惘的最直接的表现形式。

问世间情为何物，世间的人谁能说得清楚？

酒，是个好东西，也不是一个好东西，就像朋友……

白天的黑，你看得清楚或看不清楚，黑都是客观存在的，就像夜晚的白，会显得格外分明……

记住与忘却

这是一个真实的故事，也是一个非常有名的故事。如果说人生就是一趟旅行，在旅行的过程中，有没有听过这个故事，对我们人生的旅行或许有着不一样的意义。

故事说的是：阿拉伯著名作家阿里，有一次和吉伯、马沙两位朋友一起旅行。三个人途径一处山谷时，马沙不小心失足滑落，幸亏吉伯拼命拉住他，才将马沙救起。于是，马沙在附近的大石头上刻下了"某年某月某日，吉伯救了马沙一命"。三人继续走了几天几夜，来到了一处河边让马饮水，他们也休憩。期间，吉伯跟马沙为了一件小事吵了起来，一怒之下，吉伯打了马沙一记耳光。马沙不还手，只是跑到沙滩上写下了"某年某月某日，吉伯打了马沙一记耳光"……

当他们旅游回来之后，阿里好奇地问马沙为什么要把吉伯救他的事刻在石头上，而将吉伯打他的事写在沙滩上。马沙回答："我永远都感激吉伯救我。至于他打我的事，我会随着沙滩上字迹的消失而忘得一干二净。"随后，阿里将这件事如实地记录下来，并根据这个真实的故事创作了文学作品，以教育世人。

说实话，初读这个故事，并没有引起多么大的震动，也没有往心里去。可是，随着年岁的递增，随着阅历的长进，随着人生的沉浮，回过头来再看这个故事，就读出了一番感慨，也读出了许多的人生况味。

人的一生，会经历许多的事情。人是有记忆的，也学会了忘却。

一生中，那些刻骨铭心的、那些痛心疾首的、那些难以释怀的，我们该如何面对？是记住还是忘却，真的很难做出决断。还有那些酸甜苦辣，那些鸡毛蒜皮，也会让人无所适从……做人有时真的很难，问题是再难你也还得做人。或许，真的只有到了"死了，死了，一了百了"，才能彻底地解脱吧……

这个故事从简单的层面看，是要告诉我们一个最浅显的道理：记住别人的恩惠，学会感恩并让感恩成为一种引领生活的心态；忘记仇恨，忘记别人带给你的伤害，最终达到以德报怨的高尚境界。可是，这同样会很难做到。记住别人的恩惠，这不该很难，也是做人的最起码的底线。然而，要忘记别人对你的伤害，尤其是那些让你无法忘却的伤害，真的会是很难很难。但是，我们必须慢慢学会忘记，不然我们就很难放下苦痛的缠绕，也难有愉快的心情陪伴自己的左右。这是一个很现实的问题，也是一个无法回避的问题。

有时，我会对那些轻生的人不理解；有时，我似乎对那些轻生的人在同情的同时，给予了必要的理解。

"命运"这个词，真的很难阐释。人，有时看似强大无比，其实"命若悬丝"。请允许我对命运这个词做一番望文生义般的"阐释"：先看"命"字，从造字法上看，这是一个会意字，我理解古人造这个字时是想告诉我们——人是很脆弱的动物，只有一口气，还要靠手杖（口字边上的那个符号）支撑着身体才不致摔倒。或者说，人只有一张口吃饭，用不着拼命地争夺和攫取（口子边上的那个符号，像刀也似枪）……再看"运"字，这也是会意字，很好理解——运气，就是好比一个人云中漫步，真的很难把握，也不用刻意地去折腾。嘿嘿，诸位朋友，权当这些是胡说八道……

什么是该记住的，什么是该忘却的，每个人心里都会有一本很清楚的账。取舍说难也难，说不难也不难……

缩小世界

忧伤如果被浓缩，那浓缩了的东西就是痛苦。时间具有稀释和浓缩的双重作用，痛苦如果被时间稀释，就会变成忧伤；如果被浓缩，那就不仅仅是痛苦，甚至会演变成痛不欲生。

忧伤和痛苦，并不一定都是坏事情，有时恰恰是一种前进的动力，就看你是如何把握那个尺度。分寸，可能是每一个人都要面对的问题，或许也是最难处理的问题。

培育珍珠，在我看来似乎是一件非常残忍的事情。人类为了得到珍珠，竟然可以不管河蚌的痛苦与死活，剖开河蚌，硬将尖利的沙子种植在河蚌的肉体上，让河蚌承受难以想象的苦痛。更可恶的是，当人们收获珍珠后，竟将珍珠的母亲弃为敝屣，甚至还要吃她的肉、喝她的汤，丝毫没有愧意。可是，我不一定能理解河蚌的胸怀，也许，那些珍珠受宠于世人，河蚌就可以含笑九泉……

幸福也是可以浓缩和稀释的。当我们将自己的生活与他人进行比较时，实际上也就是在对自己目前所拥有的幸福进行浓缩和稀释。也可以说是对自己的幸福进行放大或缩小。选择的对象不同，就会影响自己生活的幸福指数。

幸福需要放大，放大幸福的基本技巧该是凡事不妨模糊一些，在生活中与他人相处多些宽容，少一些斤斤计较。就像古人说的那样，吃亏有时是在享福。凡事都要计较的人，很难找到幸福的心境，甚至会弄得伤痕累累。

金无足赤，人无完人，这是古人告诫我们的一条真理。道理浅显，但是在实践中去运用，却有些不好应对。要求别人成为一个完人和要求自己成为一个完人，都是不明智的也是有害的。

在某些时候，我们不妨放大自己的优点，缩小自己的缺点，这样我们就会欣赏自己，对自己生存的状态有一个较为科学的定位。而在另一些时候，则可能要放大自己的缺点，缩小自己的优点，为的是能够清醒地看清自己，不至于夜郎自大，目空一切。

人，要有让别人喜欢的本事，也要有不让人讨厌的能力。做到这点，还是贵有自知之明，知道如何放大或缩小真实的原我。

生活本来就该是轻松的，只不过是人们赋予了生活太多的"外延"。要求越多，或许越找不到生活的快乐。行色匆匆、心事重重，是生活中最为常见的状态，处于这样的状态的人，想找快乐也是一件不容易的事。

生活的世界很大，生活的道路也很多。我们有时需要缩小世界，放大道路。

等　待

　　排队的滋味，大多数人都品尝过，最难熬的莫过于等待的焦虑。长长的队伍，蚂蚁般的挪步，心脏不好或者脾气急躁的人，肯定会十分难受。

　　难受的原因，就在于焦急的等待。虽然时间还是原来的节奏，不紧也不慢，但是你的心里会觉得时间过得是那么漫长，时间在一分分流失，你的心情会随之被戳痛。

　　原来，世界上凡是你焦急等待的东西，都会来得很慢，似乎有意在考验你的耐心与毅力，犹如你约会的佳人有意姗姗来迟的那种感觉；凡是你欲极力挽留的东西又会走得很快，比如易逝的青春、美丽的容颜——叹时光匆匆，早生华发，盛年不重来……

　　人生苦短，有多少等待让我们长吁短叹？又有多少无奈叫我们心有不甘？

　　等待，常与追求相生相伴。因为有了对外物的追逐，要想保持心情的恬淡会是很难，在追逐的过程中，会有无数次等待考验着我们的心境。可是，没有追求的人生，会是了无生趣的人生。没有追求这样外力的推动，就不会掀起心情波澜，恬淡的心情就会枯寂，成为无水之鱼。这样一说，好像有点玄乎。

　　等待，有苦也会有甜。等待的，我们也许都会以为那是稀缺的东西，也包括情感。而人很容易放大那些所谓的稀缺的东西，痛苦的会觉得肝肠寸断，快乐的又会以为拥有了整个世界。人，有时很难在苦乐之间找到最佳的平衡点。

　　人生不能没有戏剧，而戏剧却是源于人生制造的许多错误。比如，在对的时间遇到错的人，在错的时间遇到对的人，在错的时间遇到错的人，都会是难解难分的苦恼。等待，或许会是一剂良药；等待，也会是一剂难以下咽的后悔药。

　　人的一生，谁会没有等待呢？等待，是一种智慧；等待，也是一种修为……

乡愁是一杯烈酒

说谎是人的天性

　　看了这个标题，也许你会不高兴，但是我还是这样说。说谎，只是人的天性，就像人容易喜新厌旧一样。

　　其实，人一生下来，就会面对虚假的世界。就像鲁迅描写人们对孩子评价的那样：这孩子将来是要当官的，这孩子将来是要发大财的……绝不会有人当着主人的面说"这孩子是活不长的"……幼小的孩子虽然听不懂大人们说的那些言不由衷的虚情假意，如果我们相信心灵感应的话，我们就可以假设，孩子还是读懂了大人们的眼神。当然，还有遗传之说。

　　孩子原本是一张洁净的纸，长大后这张纸就很容易被弄脏，社会就像柏杨说的是个"大染缸"。说谎不是先天的，是后天"造就"的产物。潜移默化，可能是最恰当的描述吧。

　　说谎，是我们性格中的悲剧，仅靠一个人难以医治。谁都说过谎，谁敢说自己从来没有说过谎？只不过，说谎有善意的，也有恶意的。有的人一说谎就会脸红，有的人说再多的谎也会从容不迫；有的人说谎可能是被迫的，有的人说谎可能是"与生俱来"的。好比拍马屁，不是每个人都能够"游刃有余"，因为，这也是一种本领。

　　"人可以对自己制造谎言"。这话你信不信？或者说，我们自己有没有这样的经历？我信，同时我也曾经为自己制造过谎言。"人是说谎者，人是连对他们自己也会讲假话的说谎者，而且人只要曾经自己对自己说过一次谎，那他就会不断地说谎，谎言犹如一星磷光体在他的鼻尖儿上……人如果习惯于谎言为时太久了，他就会变得更加自信，他们一定会以为会看见光芒……"（劳伦斯）身居官场的人，对这段话或许会有切肤之感。

穿过时间的迷雾，我们会发现，我们时常习惯于一次次说谎，自己的和别人的谎话，都能够坦然地面对，就像驴子，早已习惯了主人在眼前晃动的那根带有欺骗性的胡萝卜。当然，这是很可怕的事情，可也是一件很无奈的事情，因为，至今谁也找不到医治的良药。

人是社会人，总免不了与人交往，在交往中，就免不了"客套"，而客套的背面，常常会隐藏虚伪。因为客套中藏着虚伪，就很难摆脱说谎的虚假言行。比如做生意，明明是为了赚钱，在商谈时双方都会说出"钱的问题好说"这样虚情假意的话来。又比如干部提拔、评比先进的时候，你想听真话，可能很难。

中国人好"谦虚"，我之所以加上引号，就是说这样的谦虚往往是装出来的。现在流行面试，如果哪个考生敢在面试官前面说"我能力很强，我行"之类的话，那他的面试成绩肯定会是"不行"的！这是中国的传统，以谦虚为美德，哪怕你是装出来的也行……

去年遇到的一件事，先让我感动后让我气闷。多年前，我出版了诗集《梦中的家园》，送给了一个文友也可以说是朋友吧，他当时说回去后好好拜读，当时听了，并没有放在心上。去年，一次与这位朋友相遇，他又说起我送他的那本书，并说了许多赞美的话，这让我有些感动，人毕竟是爱虚荣的。没多久，在另一次饭局上，另一个朋友说是我的"粉丝"，当场拿出了他多年来收藏的有我诗文的剪报。这下真的让我动容，我赶紧敬上满满一杯酒以表谢意。放下酒杯，这位朋友从包里又取出一本书："这是一本你送人的签名本，我是在府庙古玩市场买到的。"我接过书一看，正是前面说要好好拜读的那位文友，将那本《梦中的家园》当作废品卖掉了……

为了掩饰一个错误，往往会再制造出更多的错误，这是我们常见到的，人们最熟悉的平反冤假错案中留有"尾巴"就是最典型的例证。这不仅是说谎，而且是说弥天大谎！为什么要留有尾巴？因为冤假错案是自己制造的，彻底平反就等于彻底认错，留个尾巴也就等于给了自己一个台阶，至少以此证明自己当时并没有都错。远的不说，就说河南发生的那起冤假错案，明明是"死人"在消失了11年后回到了自己的家，那就足以证明当初办的这个案子就是冤假错案。可是，他们在众目睽睽之下，竟然还要"留有余地"！这样的谎，岂止是弥天大谎！

好了，多说无益，就此搁笔。

大约在冬季

"你问我何时归故里，我也轻声地问自己，不是在此时，不知在何时，我想大约会是在冬季……"这是齐秦唱的歌，每听一次，都会有不同的感受。每个不同的季节听同一首歌，同样有着不同的情怀。

现在，深秋的季节，芦花发白，会让人想起父母的白发在风中飘拂的情景。村口，依旧的场景：老槐树一脸的沧桑，寒来暑去迎客送往；路边的野花野草不知愁滋味，自顾在风中摇摆起舞；小溪或欢快或迟缓，每天都在吟唱自己的歌，有没有人聆听，小溪并不太在意，有了表达的方式就可以心满意足了……而这些场景，会在脑海里幻化成父母眺望的眼神或告别时的挥手……

离开故乡三十多年，虽说工作忙，总忘不了回故乡，因为那里有我的父母。孔子曰："父母在，不远游。"可是，为了自己的理想，为了离开那个贫困的故乡，只身一人走南闯北，远离父母，很少能尽孝道。等到孩子长大了，等到自己看淡了风云，可以多回家看望父母时，父亲却离开了我们……当将母亲接到身边一同生活时，我便意识到，留下父亲孤零零的一个人、一座坟在故土，真的于心不忍。虽然我无法与父亲对话，但是我似乎仍能明了他的心思，那坟头上的青草在风中的飘动，我能读懂。

每个人都有自己的命运。记不清这句话是谁说的，但我对此深信不疑，这似乎是一个让人并不觉得轻松的说法。命运是什么？恐怕无人能给它下一个最确切的定义，我们也无法触摸到命运的肉体，更无法把握命运的本质。不管你相不相信命运，命运总会在不经意中改变着我们的一生。人的一生，就像在走一座迷宫，会有很多的门，会有很多的转弯处，或有很多的进出口……对此，选择不仅仅是智慧的问题，命运之手，会在暗处左右着我们，甚至让我们不能自已……想想我们所走过的路，对命运我们不仅是肃然起敬，用敬畏一词表达可能更为恰当。

佛说："我就是道路。"引述这句话时，我相信佛就站在我的身旁，正在为我指点迷津。也许我会茅塞顿开，也许我无法摆脱属于自己的宿命。一个人的荣辱得失，有时会看得很重要，有时已经变得无足轻重。生活在生活的边缘，有时是会让人不平、让人气馁，同样也会让人觉得这是一种福分，一种相对自由的状态。同样一件事，同样一种场景，心态不一样，就会得出不同的结论，就会拥有不同的人生境界。

人生不是一条直线，而是一个圆圈。折腾来折腾去，无非是从起点再到终点，谁也绕不开这个结。就像人一生下来，就意味着死，唯一的区别仅在于活的时间的长短、死的方式的不同而已。我这样说，不是消极悲观，而是看清了生命的本质，洞穿了人生的要旨，就会心平气和地面对自己的一生，就会比较习惯周围的世故与变化而不至于找不到"北"。

"落叶归根"，是一种根深蒂固的传统文化。再回到故乡这个话题，故乡对于国人，是一种难以排遣的情结。当然，落叶归根与"荣归故里"以及"衣锦还乡"，是两种截然不同的情怀。前者是对故乡的依恋，是对故乡的那种难舍难分的赤子之心，是绿叶对根的情思，除了依恋还是依恋，这里绝没有作秀和炫耀的成分；而后者，回到故里，不是回报，仅仅在意自己的那份虚荣心的满足，在意别人羡慕自己的那种眼神的流露……也许，这样的场景，你我都见过，但不知道我们的眼神是否相同。

记得上次回故乡，准备将母亲接到我这里，我陪母亲一起到父亲的坟头，为父亲烧了许多纸钱，还敬了香火……这一切停当之后，母亲对我说："我和你到湖州生活是可以的，但等我百年之后，你记住一定要让我回来，将我和你父亲埋在一起……"当时，我含着眼泪答应了母亲，母亲这才答应跟我到湖州生活。我理解母亲的选择，也会尊重母亲的决定。

故土难离，故乡难忘。不管故乡过去曾经给予你的是痛苦还是快乐，这是生命的根，也是生命的另一种烙印。由母亲的选择，我不知为什么有一天，突然想到了自己的百年之后该如何选择安顿自己这样的问题……

阵阵秋风阵阵凉，满地落叶满地黄。你问我何时回故里，我想大约会是在冬季……

暮色苍茫

美好，或许总喜欢待在起点，就像情爱，最难忘的可能就是初恋，不管这个初恋是否成了正果。此时，夜幕走向深沉，思念刚刚开始就走向无边无际。远方模糊的影子，被风吹得摇摇晃晃，慢慢地一个人站在眼前，你却叫不出她的名字。此时的世界很静美，放弃一些十分想得到的心愿，就像花儿凋零时的那种心情。

暮色苍茫，溪水一如既往地流淌。曾经的繁华茂密，如今在严冬里开始颓败。眼前的法国梧桐，盛夏时的巨大绿伞，此刻只剩下光秃秃的枝杈直指苍穹。站在树下，感怀颇多，但我依旧怀念那一树的绿，同时对眼前的简约多了一些敬畏。好比人生，什么样的际遇都会发生，来临了的，都是命中注定的交错与相逢。

如果解决了温饱，进而过上了小康生活，做一个平凡的人其实会是很幸福的。这个世界诱惑很多，花花世界，鸳鸯蝴蝶，容易让人看花了眼，找不到北。看惯了你争我夺，就会厌倦那些是非混杂的环境，因为在这样的环境里你想明哲保身都很难。坐在平凡之间，任风云飞渡我自从容，世界就在眼睛的开与合之间转动。

夜晚来临，同样会发生许多意想不到的事情。夜晚会是一个大舞台，很多的人，都期待能在这个舞台上一展身手。大人物有大人物的舞台，小人物也会有小人物的舞台。舞台不同，场景不同，表演的内容自然不同，但大都离不开悲欢离合酸甜苦辣嬉笑怒骂。人生就是这么一回事，只要活过，总会有自己的快乐和愁苦。

这就像张爱玲的那句名言："生命是一袭华美的袍，爬满了蚤子。"这是诗意的尖刻，入木三分，道出了所有人生活的真相。我们不必羡慕别人，不必仰慕别人的光鲜，谁都会怀揣着一本难念的"经"，只不过是这本经不肯轻易示人罢了。钱太多了，怕被人算计；官当大了，怕哪一天突然找不到合适的椅子……

黑暗是漫长的，所以人们要选择睡觉，谁能整夜睁着眼睛面对漆黑的苍穹？幸好有梦，哪怕是短暂的黄粱美梦，对平常的人来说，也可以起到一点点慰藉。岁月像风飘忽不定，而人生则是水，我们很难测准水的深浅。欢乐和悲伤，都不会单独行走，就像苏轼所言：人有悲欢离合，月有阴晴圆缺，此事古难全。不是吗？

天很冷，我们会抱怨，庄稼冻死了，让人心疼。可是，这是必须经过的季节，无法逾越。为什么说瑞雪兆丰年？因为冷，害虫被冻死了很多，来年在庄稼成长的过程中就会减少虫害，丰收就会有保障。由此，我想到了塞翁失马焉知非福，想到了潮水的此起彼伏，想到了电梯的上上下下。人生同理，短暂的人生不过如此。

夜晚，站在灯光下，影子会被拉得很长。我相信，谁都不会相信那是真实的自己。人，总有有自知之明的时候，如果一个人连自己是谁都搞不清楚的话，会是很危险的。不过，人在台上的时候，很容易犯"迷糊"。好了，不说这些啦！今夜真的很静美，虽然有些冷，但我们依旧可以很好地活着，快乐地过自己的日子……

乡愁是一杯烈酒

另一种世界

　　茅庐一日，暂时与熙熙攘攘的城市别离的感觉真好，处于相对孤独的状态，粗茶淡饭，远离纷扰，适合驰骋想象。完成了组诗《在静静的乡野聆听爱情歌唱》（10 首），诗歌的风格与以前的有所不同，算作一个尝试，不知是否能得到朋友们的认同。在这样的氛围里，也许应该有那样的想法，甚至是一些很奇怪的想法。

　　一个人面对孤独的时空，夜很静，天空不够明朗，半个月亮在云中穿行，时隐时现的样子，有点像时隐时现的伤口。我不知为何会冒出这样的想法，但这是很真实的感觉，我不能欺骗自己。一些词语，像一条条鱼从水中游过来，与我嬉戏。我寻找一条丝线，将这些鱼儿穿起来，就成了一首诗——这是孤独赐予的礼物。

　　夜很深，就连狗也懒得叫几声。奇怪的是，在乡下竟然听不到猫叫春的声音，但我不好意思向乡亲们请教这个问题。乡下的安谧，似乎隐藏着许多的秘密，一定很有意思。如此单调甚至乏味的生活，乡亲们却过得很安逸，我从他们的脸上看不到生活的愁苦。安于现状，一般多含有贬义，但我领悟到的却是生活的智慧。

　　清晨，我还在睡梦中，老乡们就下地干活了。现在正是忙的时候，油菜含苞待放，需要除草施肥；桃树快要开花，施足肥料有利于桃子增产；朋友的几百亩茶园远远望去郁郁葱葱，还有十多天就是采摘的季节……此时的乡野很美，那些不知名的野花，随风起舞的样子招人喜爱。青草茂密，鸟儿穿行，踏青时刻来临。

　　"一觉睡到自然醒"，在城里这可能只是梦想，或者说梦寐以求却求之不得，那是因为城市拥有太多的纷扰和喧哗。在乡下，这句话就是最平白的大实话了，只要你愿意，你天天都可以实现这个梦想。没有人会来打搅你，乡亲们早就在地里耕耘着；偶尔的鸡鸣狗吠那也属于它们的自得其乐，它们也没有兴趣骚扰你。

一个人在乡野四处走走停停，东张西望，漫无目的，有些散漫，有些自然而然。因为太阳的照耀，春风有些热情，是那种不温不火的感觉，很朴实，就像这里的乡亲。没有了刻意，你就会觉得眼前的景物很真实很可爱，流连之意油然而生。好在我已经是这里的常客，从某种角度看，与它们融为一体似乎还有段距离。

乡野的空气很清新，青草的腥味，花香的甜味，哪怕是牲畜粪便的味道，也会有一些让你回味的东西。生命的盎然，在乡野四处可见。在乡野，所有的生命都呈现着原我的状态，你看不到矫情作态的东西。因为没有必要，哪怕你想装出那种样子，也不会有人给你喝彩。乡亲们钟情的是土地，是土地上生长着的庄稼，那是他们的希望和快乐所在。

与乡亲们相处得久了，我发现自己骨子里的农民气息越来越多，也像他们那样热爱土地，热爱耕耘，虽然我不太在意收获，但还是很快乐，吃着自己种植的苦心菜，感觉和买来的完全不一样。在乡下，我发现自己喜欢眺望，我看见自己的眺望似乎有所指向。这是一件很奇怪的事情，儿时的记忆时常不请自来。

莫非这是生命固有的呼唤？是乡野的单纯和安谧，执意要将我的灵魂留在这里——就似慈母的怀抱，牵引着我去投奔她？我明白，在城市因为挤压、因为太多的牵绊，就连我们的肉体都是不自由的，更何谈灵魂的自由！来自大地，回归于大地，这该是顺理成章的事。是啊！这是另一种世界，不是梦，实实在在。

身居闹市，而灵魂却期待在乡野遨游，这是我多年前的感慨，好在如今肉体时常能在乡野舒展，这的确是一件快慰的事。乡野的白天温暖着肉身，乡野的黑夜滋润着灵魂，这样的生活真好！在这里，可以尽情释怀，不需要证明什么，活得越真实就会越快乐，就像游荡的风，抑或鸟儿，用心感受蓬勃和辽阔……

逐渐走远的日子

明天将要来临，我想在睡前为心中的挚爱祈祷，为心中美好的向往歌唱，我的唇齿间吟诵着赞美诗，在今天与明天的交接点。此刻，生命的泉水，如同山涧的小溪自然流淌。举杯，斟满烈酒，为逝去的昨天洗尘，也为迎接即将到来的明天接风。

明天。明天会是什么样子？明天将要发生什么样的故事？在对明天的期待中，揉进了我们的憧憬，也包含着一些流连、一些长叹。明天，我们可以想象，可以揣测，可以赋予自己的诉求，但是，我们却无法预知，也无法描摹。明天的事情，只有明天自己才能把握。

有人说，对于人生而言是没有明天的。可是，在我们已经经历过的日子里，很多的时候我们确实是活在"明天"里的。因为我们相信有明天，所以我们就会相信等待，因为等待的美丽、等待的漫长和虚无，我们会发现生命中有许多的美好在等待明天的过程中丢失掉了。等到我们真正后悔时，才发现留给我们的时日已经不多。

明天是个高明的小偷，在不知不觉中耗空了我们的生命，或许我们还依然陶醉在对明天的期待之中。因为，我们会相信等待不会落空，相信明天不会不来，于是，我们心安理得，我们不慌不忙，我们继续安心地在等待明天的憧憬中过着每一天……可怕的等待，可怕的得过且过。

有一天，在某个早晨醒来，我们突然发现：原来对明天的期待，是多么地幼稚、多么地自欺欺人。我们终于明了，岁月会逐渐走远，日子也不会因为等待而会变得得心应手，明天其实很遥远。醒来后的发现，似乎让人忧伤，却也让人清醒。

"要梦想自己永远活着，但要像没有明天地活。"这是一个作家的醒世之言。这句话，反复玩味方能明白其中的要旨。当你彻悟了，就会发觉，这句话也可以当作一句大白话来解读：活在今天，活在当下，用一个个实实在在的今天，为明天画最美好的图画。

是啊，当我们明白了明天只是一个虚幻的概念，相信明天会让我们为自己今天的懈怠寻找借口，会为自己的虚度年华而"宽宏大量"。此时，我们就会幡然悔悟，就会在今天加倍努力，牢牢抓住今天，做自己想要做的事，爱自己想爱的……

错过了的，真的无法挽回。谁也不愿意在对明天的等待中让自己"错爱一生"。

活在今天，活在大地的芬芳之中，活在自己营造的诗情画意之中。与今天携手并肩，欢快地度过属于自己的每一个日子。若如此，则此生足矣……

乡愁是一杯烈酒

在雨中行走

春雨霏霏，撑一把雨伞在雨中缓缓行走，有些漫无目的，有些意犹未尽。雨点叩击雨伞，有点清脆，回音却很微弱。就这么走着，凉凉的雨意，凉凉的思绪弥漫开来。一辆汽车呼啸而过，溅开来的污水弄脏了裤子，我懒得理睬，继续行走，继续驰骋着想象。听雨，在这个嘈杂的氛围里，没有心境不说，也无法听得真切，倒是飘进来的雨丝，给我一些亲切和安慰。

回到办公室，泡一杯热茶，点燃一支烟。袅袅上升的烟雾，与窗外灰蒙蒙的天空相互映衬。远处的山，近处的房屋，以及路上匆匆行走的人，都是模糊的影子。心情也如此，似有一些东西挡住了视线，因而找不到那种澄明的感觉。空调的声音单调嘈杂，就像一个人说话的腔调，让人不免生厌，继而影响当下的心情。望着天空，拨不开的迷雾，给人添堵的感觉。

慢慢地心情开始好转，虽然天空依旧迷蒙。静下心来聆听雨声，这是来自天堂的声音，必有我的期待、我的寄托。听雨，静静地，排除杂念，便有一丝丝禅意悄然垂挂，心情开始由晦暗走向明朗。呷一口热茶，苦涩的味道，回味中似有一丝甘甜。也许，这就是所谓的人生吧！眺望远方，若有若无的空濛，若无若有的灵动，一切都显得不可捉摸；正因为这样的不确定，才会让人多了一些怅惘、一些振翅飞翔的愿望。

微闭双眼，让呼吸尽可能地均匀平稳。静，可怕的静，反衬了雨点的寂寥，雨声的缠绵。往事如雾在周身萦绕却挥之不去，历历在目如同自己的掌纹。掌心向上，伸出窗外，请春雨滋润，掌纹越加清晰。此时如有种子握于手心，我不知种子会不会发芽、会不会长大……当我这样胡思乱想时，春雨停止了她的歌唱，而我，要不要接着歌唱，有些举棋不定。

一只鸟从眼前飞过，事先没有约定。鸟儿在雨中穿行，由近到远变成一个点，直至消失。我的视线却不愿意收回，延伸着这样的翱翔，快乐地翱翔。长长地舒一口气，眼神回到室内，心却还在室外徜徉。自由自在，多么珍贵，多么难以寻觅。难怪裴多菲这样说："生命诚可贵，爱情价更高，若为自由故，二者皆可抛。"是啊，一个人若是失去了自由——肉体的和灵魂的自由，拥有再多的财富，身居再高的职位，那又有什么意义呢？笼中鸟看似无忧无虑，可是谁能明白鸟儿失去天空的苦痛？

选择，这是一个人一生经常要面对的课题。有些选择，主动权在我们手中；有些选择却是身不由己的。"人，生来是不自由的"，记住了这句话，但已经想不起来是谁说的了。翅膀属于天空，属于风雨；自由属于灵魂，属于毕生的追求。"不自由，毋宁死"，铿锵有力，振聋发聩，从遥远的历史隧道穿越而来，犹如春雷炸响，恰似惊涛拍岸……

站立雨中，任雨水打湿衣服，湿漉漉的头发贴着皮肤有些凉，人却格外地清醒。眼中的景物还是原来的样子，却变得可爱起来。我明白，这是心情转变的缘故。山河依旧，山河却开始变得葱茏翠绿，变得让人赏心悦目。继续我的漫无目的的行走，在雨中放纵思绪，放飞被禁锢了许久的渴望……

行走，让步履轻盈起来……

心灵自有它的故乡

雨，完全停歇；风，吹着大片大片的云向前移动，且漫无目的。明天应该不会有雨了，今夜的冷，是为了明天的晴暖而必须付出的代价吧。

隔壁，朋友正带领工人连夜加班炒制白茶，争分夺秒，"时间就是金钱"用在此是最为恰当不过的了。伴随着阵阵的机器轰鸣声，飘过的缕缕茶的清香，随着空中的风舞蹈着。沁人心脾，该是我能找到的最好的形容词了。

"茶也醉人"，这是我多年前写过的一首诗的标题。酒能醉人自不待言，而茶能醉人，则需拥有茶一样的情怀才行。饮茶的过程，其实也是心灵随着茶叶飘飞的过程。茶叶在沸水中慢慢舒展姿容，慢慢吐露清香，饮的人，此时该心无杂念，在灵魂深处祈祷，心胸随着茶叶的舒卷而豁然开朗，带着愉悦直奔大海……

心灵，自有它的故乡。

此刻，是我更深的梦境。远处偶尔的狗吠，是深夜里动听的音符。清晨，我会在鸟的婉转鸣叫中醒来，闻着花香追寻鸟的翅膀，等待着风起。

在梦中航行，准备好足够的茶叶，将酒留下——那是红尘中的伴侣。在沉静的夜幕下，吸一口清新的空气，肺增加了活力显得年轻了许多。心灵的杯盏，斟满茶的芬芳。

我是个寂寞的追寻者吗？我不敢很自信地肯定。昨夜的"红尘滚滚"，与现在的孤灯只影，形成了鲜明的对照。红尘中的欢乐，与此时独处的快乐，有着本质的区别。

时间之手，正待弹拨多情的乐章。我的手，因田间的劳作而长出老茧——曾被遗忘的记忆，如今在手中复活。这样的快慰，也许只有自己理解。那些农具，此刻正在屋檐下歇息，也等待与我一起为土地歌唱。

我敬重蚯蚓，为了土地宁愿在黑暗中歌唱，默默的情怀让我顿生愧意。而那些热衷作秀的人，是不会有丝毫惭愧的念头的。

一壶茶捧在手中，茶的温暖是无言的关怀。我有许多的叙述，藏在壶中……

无法看清水花的消逝

有谁会在意一块石头丢进水中的声音，进而观察水花形成的涟漪？我，在某一个下午，阳光很好的下午，捡起一块石头，很随意地将它丢进河中，仔细分辨石头落水时的声音，以及水花消逝的整个过程。那时，我的心情很好，出于对生活的热爱，由水花渐渐消逝转而想到了人生苦短，进而思考着该如何给短暂的人生涂抹一些有意思的色彩。

我喜欢用"意思"这个词来表达对事物的看法，因为它赋予了平民化的语境；不喜欢用"意义"表达对世界的想法，是因为意义太过于神圣甚至做作。

风吹着树叶沙沙响，你可以觉得很有意思，也可以觉得没有任何意思。某些在特定的人群看来是很有意义的事情，在另外一些人的眼里，会觉得很无趣。比如，有些人热衷于开会，甚至一天赶几个场子也不觉得累，那是因为他在讲话中找到了乐趣，找到很美好的感觉；有的人会觉得开会听那些无聊的讲话简直是活受罪……早年听说一些领导退下来最难受的事情，竟然是好久没有参加会议了。起初实在难以理解，现在变得很释然。正所谓：萝卜青菜，各有所爱。

上面的这段话，丝毫没有诗意也没有意思，就此打住。或许，这不是我的初衷，所以大可不必在意那段没有意思的胡言乱语。

还是由"石头"说起。在我的案头，放着一个精美的器皿，清水中静养着形态各异的鹅卵石。这些被水不知打磨了多少年的石头，现在成了一种文化，一种人生状态的代名词。鹅卵石的玲珑剔透，着实让人喜欢，进而被一些人供奉着。而那些具备了鹅卵石性格的人，招人喜欢自不待言，这在人生的追逐中也许会受用无穷。我虽然养着鹅卵石，但是我明白，这一辈子我都不可能成为鹅卵石。

怀念，有时近似于石头的形状，你要怀念的事物，会有你想要的石头形状与之相对应。我曾经说过，如今在城市里并不缺少经过精心打磨的石头，人们会本着为我所用的原则，将深山里开采的石料，按照自己的需求，打磨成所需要的样子。因为是精心打磨出来的，也就失去了作为石料时分明的个性和色彩。棱角分明，该是石头的本色，为了生活，想必石头也学会了委曲求全了吧……

是的，因为有了石头的奉献，有了石头的自我牺牲，我们的城市才一天天地长高。然而，城市里那些越来越高的建筑，让我们觉得自己越来越小。生活在密不透风的城里，会让那些回旋在我们心中的美好不能轻易言说……在拥挤的城市、拥挤的人群中，似乎每个人都是不期而遇，又都是那样陌生，肉体的拥挤和灵魂的茫然只是匆匆交错。

哦，明天将要来临，雨还在下着，我该起身到外面去，再次捡起石块，并将石块投入水中，我只想聆听这种声音，只是我无法看清水花的消逝……

飘来飘去的 "魅影"

　　最让我刻骨铭心的该是那一段青涩的回忆。也因这一段的情感经历，让我对女人有了一种说不清道不明的情愫。

　　此时正是三九严寒的季节，我记得，我的青涩的记忆也正是在这个时候播下没有结果的种子的。因为没有得到允诺，我自顾自地在认为适合的土地上挥锹洒汗，将红豆和十八岁那颗火热的心，一起埋进土里，期待来年的春天发芽，直至开花结果……

　　来年的春天如期而至，万物苏醒了。眼看着桃红柳绿，草木葱郁，我忍不住一遍遍地往我的那一块地里跑，不停地浇水、不停地除草……可是，始终没有一点点我所期待的迹象。那人的脸，依旧妩媚如春风，而我的脸，却涂上了一层防冷的"蜡"。

　　要知道，现在的冬天是越来越暖了。三十多年前的冬天，可是真正意义上的冬天——三九四九冻死狗，五九六九冰上走，可真是货真价实的呀。那时老家的冰挂从屋檐垂到地下，现在的孩子以为那是天方夜谭。那时，人对情感和现在也是大不一样的，就像冬天吐出的唾沫都可以成钉。现在，就很难找到这样的感觉了，因为气候的变化，也许会让人跟着变化，人们对情感似乎有些不太在意，男人对女人的情感，也没有以前那么专注了。

　　那一段青涩的回忆，似乎留下了一点点后遗症，最明显的感觉就是女人在我的脑子里，始终是一种飘移的影像，看似真切可触，当再走近一步，这个很真切的女人，就会像影子一样突然从眼前飘走，我十分不情愿用幽灵这个词来形容，但真实的感觉就是这个样子——我不能欺骗自己的感觉。

实际上，一个人的脑子里经常有女人的影子（姑且称之为魅影）飘来飘去，是一件很有趣也会很快乐的事。是人，大概都玩过捉迷藏的游戏，和我所说的这件事有点异曲同工。当然，快乐不是一个人的事，不同的是在心里还是在脸上。有一则酸奶的广告词，叫"酸酸的、甜甜的"。青涩的回忆，如果处理得好，应该是这样的味道。

有人说，时间是医治情感伤口的良药。我以为，时间并不能包医百病，而且每一个病人不都是靠时间能医治好的。我甚至认为这样的伤口，完全没有必要去医治它，这有点像脚气，有一种理论反对治疗脚气，认为这是一个渠道，有利于排毒，自然有利于健康。我赞同这个观点，脚气发作时，痒痒的感觉，是一种有趣的享受……

我不是说，一定要将那种特殊的感觉比喻为脚气，好像有点令人不悦。对女人，我比较喜欢用飘移的影像来比喻，好像有点诗意。如果很实在，盈盈可握，并不一定是件好事。凡事在你的掌握之中，你可能反而会觉得索然无味。"得不到的你会认为是好的"，虽然有点自欺欺人，只要是自愿的又不妨碍别人，我看无妨。

男人不喜欢女人，要么假正经、伪君子，要么就是有毛病；反之亦然。这，就像一枚硬币的正反面：是一对冤家，又要经常碰头，只要有碰头的机会，说不准就会碰出一点事来，这也在情理之中。是人都有七情六欲，是人或许都要经历一些有趣的情感回忆。

有"魅影"在脑子里飘来飘去并不可怕，可怕的是挥之不去，且被它左右，那才是性命攸关的事情……

乡愁是一杯烈酒

轻盈如花瓣

　　一个人撑着伞，在乡野的小路上漫无目的地行走着，或行军的速度，或迈着官样的四方步，走走停停……幸好天黑，又是雨中，没有遭遇乡邻，否则说不定会被人误解。

　　雨夜，雨点叩击伞面的声音，传到手心有着别样的感觉。这是春雨用一种特殊的方式在写诗吧，抑或与我交流，与我在茫然的夜晚叙述擦肩而过的情谊。曾经的美好，在漆黑的夜晚依旧美好着，黑夜睁着明亮的眼睛，巡视着这个世界尚存的良知。

　　这是一个非常幽静的乡村，忙碌了一天的乡邻，吃罢晚饭简单洗漱之后，就该早早地进入平常而又温馨的梦乡了。宁静的乡村，于我是一种很投缘的居处。在这里，你可以将梦想随便放逐在任何一个地方，都不用担心会丢失、会被损坏。你可以在黑暗中聆听植物开花的声音，就连石头也会开花——那些墨绿色的苔藓，有着非常顽强的生命力。

　　在夜晚来临时，我喜欢在其中穿行，嗅着清新的真实的空气，细数着每一个流逝的日子，会忽然感觉到纯粹对一个人是多么的重要。打开心灵的窗户，与这个世界交流，不用忸怩作态，世界也会给你真实的面容，给你真实的怀抱。

　　阳光的四月，雨水的四月，温柔的四月，有些微冷的四月，都是实实在在地与我们在一起，就连那些阻隔也会是透明的。四月的桃花灿烂如云霞，油菜花的金黄分外炫目。在这样的季节，或许想不柔情似水都不行呢……也许，我刚写下的这些文字，很轻盈一如花瓣，已经随屋前的溪水流向了远方。我想，远方不会拒绝真实的流淌。

此刻，我不能阻止自己的思绪飞扬，就像多年以后的某一天我会安静地等着夕阳来临，等着夕阳染红那一抹苍凉。该来的，迟早会来；该走失的，也会在不经意间挥手告别。人生其实很简单，不应该人为地背负很复杂的情感。

此时的雨水，依旧欢快地演绎着交错的故事。雨水和雨水的交错，与人和人的交错，其实异曲同工。没有事先的约定，更不需要刻意的安排，一切的一切，仿佛都是冥冥之中注定。不管你信不信，有些事情不是我们想改变就能改变得了的。这不是宿命，但是也无法诠释，这或许就是生命的奥秘。

春雨还在尽兴地舞蹈着，我的情怀一如春雨……

乡愁是一杯烈酒

心中不可补偿的隐痛
——献给母亲的礼物

母亲，再过两天就是母亲节了。今夜的雨，不停地下着，雨点击打防盗窗铁皮的声音，我听起来却有种疼痛的感觉。母亲，远在千里之外的母亲，儿此时心中除了思念，便是一阵阵不可名状的隐痛。

母亲，儿今年已50多岁了，两鬓的白发也渐渐地多了起来。但我永远忘不了，儿蹒跚学步时母亲您关切的眼神；忘不了，儿初识字时母亲您欣喜的笑容；忘不了，儿长大参军离家时，您的期待与依恋的泪光，您用衣襟擦拭眼角泪水的画面一直定格在我的脑海；我更忘不了啊，儿幼时一次生病，急得母亲您赤脚背儿走十几里山路，焦急地敲开医生的家门……

母亲，儿十八岁离开故乡至今已有三十多年，每年仅有一两次回家与父母团聚，而您——我的母亲，为了让儿安心工作，从事自己喜欢的事情，对此从无怨言。甚至在1977年祖母逝世时，您为了让儿在部队好好工作，苦苦劝阻父亲不向我通报噩耗，事后我却不分青红皂白地埋怨您。当您告诉我，祖母死前紧紧地攥着我当兵时给她的五元钱时，我的眼泪和我的怨恨交织一起难解难分。此时，儿为自己以前的浅薄和对您的误解而深深地自责，想到以前常常以工作忙为缘由，没能常回家看看而深感内疚。母亲，儿今夜缠绕心头的疼痛，是因为粗心对您造成的永远无法补救的伤害。

大前年弟媳生孩子，您从老家来湖洲照料。这时，母亲您已七十高龄，且身染多种疾病，但您任劳任怨。我多次要送您到医院就诊，您总是不应允，说是老毛病了不碍事。经不住我的劝说，您才答应看中医。在老中医的精心调理下，吃了一年多的中药后，您的身体状况有了明显的好转。可是，有一天，您对我说："吃了一年多的药了，太苦，实在吃不下。"我好说歹说，您就是不肯继续就医。

也就在这一年，母亲您突然对儿说，您的左眼看东西很模糊，经常流眼泪。我请医生诊断，说是患了白内障，需开刀做切除手术。我联系好医院后同您商量，您推托说害怕开刀失败，反而失明，死活不同意做手术。直到前年的夏天我去看您，您对儿说："儿啊，妈现在看你就像你弟弟家的电视机（农村尚未安装有线电视），只有一个轮廓，凑到儿的跟前，才能看到你的眼睛和鼻子……"

这一次，我不由分说地带您到医院检查，并托人请了全市最好的眼科医生为您诊治。医生将我叫到一旁，悄悄对我说："你母亲左眼视力恢复的希望很小，右眼没多大问题。"我立即表态，不惜一切代价治疗。

住院的十多天时间里，儿只是尽了该尽的孝心而已，可是，母亲，儿每次送饭给您，您总是唠叨："妈老了，还给你们添麻烦，看你们又要上班，又要照顾我这个老太婆，妈心里不好受啊。"您甚至提出早点出院，为的是减轻我的负担。

母亲，这次真的还算幸运。原先不抱希望的左眼，视力恢复到了0.2，右眼的视力恢复到了0.6。出院那天，当您最后一次检查视力，您很开心地对我说："儿啊，我儿的样子我看得清楚了……"母亲，看到您开心的样子，甚至我比您还开心啊！

母亲，出院后您在儿这里住了不到两个月的时间，坚持要回故乡。您说要回去照顾爸爸，您说您放不下那边的家。拗不过您，儿只好送您回故乡，但儿一直牵挂，放心不下您的身体。

那天与妹妹通电话，问起您的眼睛恢复得如何。妹妹说您右眼恢复得不错，左眼看东西还是有点模糊。后来，我再次请教眼科专家，得知您的左眼是因为错过了手术的最佳时机，虽然换了最好的晶体，也难保不失明……母亲，此刻儿沉重的心情不知如何告诉您。

弟媳告诉我，从每次买药，到住院，我不在的时候，您都悄悄问弟媳花了多少钱。当弟媳告诉了您，您总是喃喃自语："老都老了，还要花你们这么多钱，你们也不容易呀。"母亲啊，那晚，从不失眠的我彻夜难眠。

母亲，今年的母亲节，儿送您的礼物，看来只能是忏悔，只能是无法释怀的疼痛了。母亲啊，人生最大的悔恨，可能就是对父母的忽视，这个简简单单的道理，儿到现在才算真正明白……

雪中呓语

静静的世界，一尘不染的世界。我，静默地注视着苍穹中的星星，融入星星洁净而和蔼的空间。

雪，纷纷扬扬地落下来覆盖着蠕动的万物以及苍老的、年轻的心脏。面对纷纷落下的美丽睫毛，我们能否无动于衷？

雪的声音，那么美妙绝伦。雪花一瓣一瓣为我们展开美丽，我将手伸过去，轻轻地，怕碰伤她洁白无瑕的梦幻。一颗晶莹的露珠在花瓣上滑动，这是我期待已久的夙愿。

是的，这是我长久的期待，期待的不同一般的一幅画。在这星光的氛围里，我翩翩起舞，我把笑声握在手中再放飞出去，成为无数只蝴蝶在夜空里歌唱。

我，耐心地等待奇迹的发生。我的手，高高地举过头顶，充满力量，充满自信。忘却是不可能的，被欺与自欺的轮番折磨，使我的精神开始习惯于安分守己，曾经的一腔豪情壮志，最终成为慵懒的最忠实的俘虏。

精神的大鸟在哪里飞翔？你翩翩的舞蹈，在我瞳孔间的影子越来越小，以至踪影全无。我站在高处竭力向远方瞩望，目光却被一片树叶挡回来，流放的躯体，找不到理想的归宿。家园安在，有时显得孤立无援。

时常站在城市边缘一幢楼房的阳台上，透过玻璃，望着灰蒙蒙的天空下行色匆匆的人群和车辆，内心涌动着劳动、生活、爱情带给我的这种感动和忧伤。物质的翅膀，飞不出鸟笼式的居所；机械的文明生活，常使我们迷了路。想象能否拯救我们的无助？

诗人何为？这是海德格尔曾经提出的问题，用里克尔的一句话来说就是"在真理中歌唱是另一种呼吸"。诗歌，是痛苦和欢乐的体验，是灵魂的困惑和生命祈祷的纠缠。诗歌在当下注定是一种尴尬的文学表现形式，注定要颠沛地生存着。

如今，人们对外在世界的东西关注和知道得越多，就会对自己内在的命运和归宿知道得越少，或者不屑于知道……对于诗歌也是如此。

我是诗人吗？我能担负得起诗人应该承担的责任吗？我，无法回答别人，也无法回答自己。时间在默默无声地流逝，我只能不由自主地随着时间漂移。或许没有谁能改变被动的存在状态，这也是为自己的懈怠能找到的一个冠冕堂皇的借口。

下雪啦，下雪啦！看银装素裹，江山分外妖娆。新世纪正在那边伸出温暖的手，在投入她的怀抱前，我该保存好尚未被侵蚀的情怀……

太阳的味道真好

　　近 20 天的阴雨连绵，真的让人有些受不了！今日太阳终于露出了笑脸，虽说还不够灿烂，但也让我们闻到了阳光的味道，惬意感油然而生。温暖的感觉，在暖暖的春风里徜徉着，脱去包裹身体的大衣，有了"解放"般的轻松，"脚步生风"该是最好的形容。

　　东边日出西边雨。我们这里一个劲地下雨，下得人烦闷；另一些地方，盼雨却像盼星星盼月亮那样难。天意，不可捉摸；天意，有时真的很难违背。"人定胜天"，充满了革命的浪漫主义色彩，精神固然可嘉，可是，要达到这样的境界，还不知要到何年何月才能实现。

　　自然界有规律可循，自然界又是那样难以驾驭。在自然界面前，人又真的是很渺小很渺小的，甚至小到不值一提。怀着敬畏的姿态，与大自然和谐相处，在大自然面前，我们应该多一些谦卑的情怀才是。"与天斗其乐无穷，与地斗其乐无穷"，这是一个时代的标记，或许会留下一些难以磨灭的痕迹。

　　现代的生存空间，显得越来越狭窄。当我们以为取得了相对的自由时，或许我们正在无意中将自己推向了极大的不自由，甚至被生存逼到肉体疲惫、精神崩溃的边缘。当物质文明大踏步前进时，那些渴望心灵自由的人们，又往往会极力寻找一种精神的诉求。是所谓：肉体在城市居住，灵魂却在乡村徘徊。

　　我们每一个人，其实只是一片树叶。我们需要阳光的照耀，我们也需要雨露的滋润；我们会在风中快乐舞蹈，也会在雨里抒发忧伤的心情；我们有洋洋得意的时候，也会有闷闷不乐的境遇……作为一片树叶，理应知道自己最终的归宿——生命是短暂的而且无法复制，短暂的生命，更应该为她赋予诗情画意。

跨越时空，能与谁倾心交谈？坦诚对话，在如今该是多么奢侈！就像连日阴雨后，突然见到阳光那样令人亲切万分。历史与现实，过去与现在，记忆与生存的相互映衬……失落的心灵，如何能在失落的世界里，找到平衡的落脚点？漂泊，是一种什么样的感觉，我无法描摹，漂泊的心情，只有自己体会……

面对苍茫的世界，每个人只不过是一个匆匆的过客，或者说是到这个世界来做一次客人。海德格尔把做客的状态描述成"被抛状态"，这的确是妥帖的比喻。被抛的状态是一种被放逐的心理体验，强调个体在外界中的不适感。为什么人喜欢折腾？其实，人也许想通过"折腾"来缓解"被抛状态"的不适感，想找到所谓的自主与自在，让自己的人生多一些精彩。

茫茫宇宙，时空无限，而人的可悲之处就在于生命极其有限。虚无缥缈的未来，对于现实中的我们，最多只是一副麻醉药而已。就像为解愁而拼着性命喝酒，待酒醒后一切的忧愁依旧爬满心头。

太阳出来了，虽然明天下午之后又将是阴雨绵绵，太阳的笑脸，毕竟给予我们短暂的抚慰。我们应该知足，我们不能要求太多……

快乐需要延伸

前天晚上，在办公室写了一篇随笔，说的是劳动的快乐，也即快乐的劳动带给心灵的愉悦。昨天，就到妙西白鹭谷茅庐亲身体验了一番"劳动的快乐"。

虽是五月初，太阳却出奇地热情，气温一下飙升到 33 摄氏度。火辣辣的热情，不光是让人受不了，就连地里长着的禾苗也是气喘吁吁的。在我的开心农场，那些庄稼、蔬菜耷拉着脑袋，花草也是无精打采。我和夫人见状，赶紧提水浇灌……仿佛是及时雨，这些农作物都是有情感的，在喝足了水分之后，便开始昂首挺胸，随风翩翩起舞，朝着太阳绽放笑脸。

忙碌了多时，汗水湿透了衣服，咸咸的汗水滑过脸颊，流进嘴里的咸味不再是苦涩。豌豆的明眸皓齿、蚕豆的雍容华贵、月季羞报的笑容还有那兰花淡淡的清香，汇成一条令我迷醉的河流，徜徉在这样的氛围之中，超然物外的感觉油然而生。几样小菜，一杯老酒在手，恬静生活带来的快乐，如同门前的溪流，自然而然地流淌着……

乡村的夜晚，风不知疲倦地歌唱着，风的喧闹衬托了夜的静谧。因为没有高楼的阻挡，乡野的夜空也是明澈的。星星还是那个星星，月亮还是那个月亮，在城市和农村真的大不一样。仰望夜空，儿时数星星的记忆历历在目。此时的我，怀旧是自然免不了的，在感叹时光飞逝的同时，更感谢生活赐予的这份美好。感恩生活，自然在内心深处就多了一份对生活的眷顾，减少了抱怨，就会多一些宽容。与生活做朋友，生活就会与我们真诚相对。

"鸟语花香"，在乡下我对这个词有了更直接的感受。不要说在我居住的周围，成群结队的鸟儿，用它们美丽的身姿，在天空留下了身影，鸟的鸣叫，使多少有些寂静的乡村多了许多的意趣。就是在我院子内，那些我叫出名字和叫不出名字的鸟儿，常常大驾光临。它们或在"开心农场"像领导视察似的迈着悠闲的四方步；或低空盘旋，从某一朵花下突然箭一般地飞向天空；或在院子里嬉闹，一副旁若无人的架势；或在屋檐下卿卿我我……我只是默默地注视，用心体会它们带给我的快乐。

快乐需要延伸。这是我居住在乡村的一点细微的体会，愿不揣冒昧地献给朋友们。"肉体居住在城市，灵魂却渴望像炊烟在乡村飘荡"，这是我几年前在一本诗集的后记里写过的一句话。当我在乡村安放肉体时，我的灵魂会不会是夜空闪烁的星星？我尚不敢定论，但是在乡村栖息时，肉体和灵魂不再分离，这一点倒是确信无疑的。肉体的快乐和灵魂的快乐，需要和谐，这样的快乐或许才可以称之为真正的快乐。

延伸或者放大快乐，绝不是自欺欺人，而是一种对生活的态度。如果说性格决定命运，我们是不是也可以说态度决定对生活的认知，进而影响到如何与生活相处。其实，快乐与否不仅仅是物质的因素起作用，在解决了温饱问题后，快乐与否很大程度上取决于人们的"感觉"。而感觉是一个看不见摸不着的东西，它却时常左右着人们的情绪。我想到了这样一句话：成也萧何败也萧何。千万不要小瞧了感觉这个东西，它每天都蛰伏在我们的身边，常常于不经意间改变着我们的生活。

昨夜虽然有些累，汗水流淌后带来的轻松快感也是不能比拟的。乘着酒兴，写就两幅书法（嘿嘿，高抬自己，实际上只能算作酒后的涂鸦而已），分别是"鸟语花香""神游物外"。写完后，便有了睡意……清晨，是鸟鸣将我从睡梦中唤醒的。

新的一天开始了。回到城市，在属于自己的时空里，做好自己的本职工作，也不忘延伸生活的快乐……

红尘微末

　　每个人的写作，大都有自己关注的目标，或者叫作视角的选取等。有的人写诗作文关注国家与人类的命运，故自称或被他人称为忧患诗人（作家）；有的人专注人类的情爱以写情诗为己任，被封为"情诗王子""情诗教父"；有的人善写主旋律的题材，被称为"主旋律"作家等等。这些大都无可非议。

　　我自觉自己只是一个很平常的人，就像滚滚红尘中的一粒微末。所以，在日常生活中，我喜欢关注那些细微的事物，甚至是别人不屑一顾的东西，只要是我所喜爱的，我都会倾注我的情感，为之讴歌。我写东西的原则很简单，就是我笔写我心，我心存我情，心口如一，心手相连。不喜欢的东西，硬要去歌唱它，好比是吃错药一样难受，也像"同床异梦"一样尴尬。

　　其实，做人很难。这有点像题外话，因为这篇小文本身就是写着玩的，也没有什么主题的要求，索性信马由缰。比如，每个人既是自然人，又是社会人，作为社会人，就难免要和别人打交道，要和环境相处。这会很难，因为处理得好与坏，并不完全取决于你。适应，是一个很有学问的词，我们要想活得比较舒心，无疑要学会和环境友好相处。当然，与环境友好相处，并不是要失去自我，而是要在保持自我的前提下，寻找到最佳的契合点。

　　每一个人，都是生活在红尘微末中的，无论是怎样一个了不起的人，褪尽了"繁华"，还原为原我状态，该是大同小异的。比如说，吃喝拉撒睡这些生存的最基本的问题，我就想象不出来普通的人与自以为不普通的人，会有什么样的本质区别。电视连续剧《宰相刘罗锅》中的一场戏，让我至今记忆犹新。那是晚年的乾隆爷和刘罗锅在洗澡堂里的一段对话，将人的本性分析得可谓入木三分，普通人的缺陷，皇帝也有；普通人的情欲，皇帝同样也会隐藏在内心。所以，为了江山社稷乾隆需要刘罗锅，为了满足个人的私欲，他离不开和珅。

　　每一个人都是一个普通的人，而普通的人或许会有这样那样的爱好，这本是无可厚非的。就像一粒尘埃，是喜欢落在水里，还是愿意在空中飞扬，那是尘埃的自由。可是，爱好在那些自以为或是别人看起来不是普通人的人身上，可就大不一样了。赖昌星曾经有一句"名言"："不怕当官的不腐败，就怕当官的没有'爱好'。"因为，赖昌星深谙官场的潜规则，也深知人性的软肋——爱好，就是官场的"软肋"，就像一只蛋的裂缝。而所有的爱好里面，都离不开金钱与美色，剥开那些伪装，就会露出赤裸裸的肮脏。赖昌星一案牵扯出来的那些猫腻，赖昌星经营的那座红楼，让一些所谓的"不普通"的正人君子丑态百出，也让我们这些平头百姓，免费看了一点点官场的西洋景。

　　真的越扯越远了，该就此刹车了，还是回到红尘微末这个词上来吧。"红尘"一词告诉我们，我们所面对的是一个物欲世界，面对时时袭来的物欲，能不能身在红尘中而做到"一尘不染"，显得非常重要。"微末"一词，是要告诉我们，每一个人不管你身处何种职位，生活在何种状态，都是一粒普通的微末，没有什么神气的必要，历史常常会开一些不大不小的玩笑，善待别人，就是善待自己。

　　"一切皆有可能"，该是一剂很好的清醒药。

浮萍也应生根

　　21世纪之初，湖州青年杂志社举办"文学爱好者联谊会"，我有幸作为"名家"应邀出席，当了一回嘉宾，做了一场短暂的"名人"梦。

　　也许应了缘分这句老话。在这次联谊会上，除了聆听名家们的教诲，感受文学爱好者对文学追求的那种有别于追逐物欲的氛围，说到收获，是有缘结识了郑大军先生。当时，《东海》杂志社诗歌编辑潘维先生，在其发言中提到郑大军——一个外来的漂泊者，一个尚未解决温饱问题的打工仔，却对文学有着执着的追求。出于由衷的敬意，休息时，我走下了高高的主席台，走向郑大军先生，用力握着他那双饱经风霜的大手，仿佛故友般地交谈着对文学、对人生的感怀。由于时间仓促，我们彼此也仅仅是一面之缘，尚缺乏足够的了解。

　　没多久，大军给我来了一封信，信中谈到了有缘相识的欣喜，并对我"能走下主席台，向一个外来的漂泊者致意"表示"很感激"。听闻此言，我不禁感到惭愧，也由此产生许多的思索。人与人相处，贵在真诚，难在平等相待，心灵的默契交流，胜过多少言不由衷的表演。"人没有贵贱之分，只有分工不同"，这句冠冕堂皇的话说说很容易，但严酷的现实，却让我们真实地感受着别有滋味的"春夏秋冬"。没有在社会底层生存过挣扎过的生命，永远不懂得什么叫善良与势利；同样，没有在社会上层风光过、尽情享受过的生命，也永远不懂得什么叫虚荣与孤寒。

乡愁是一杯烈酒

阅罢大军的信，想走近他的愿望牢牢地占据着我的思绪，我立即写信约他到湖州相叙。二月下旬，大军应约而来，我在警校接待了这位文友。经过长时间的交谈，我对他的情况，有了初步了解。大军祖籍江苏淮阴，"文革"初期，大军的母亲不幸病故，他的父亲，带着年仅三岁的大军逃难，像浮萍般漂泊几个省市，最终在湖州的梅峰乡太平村落脚谋生。大军的父亲，凭着仅有的修理自行车的手艺，挣几个小钱养家糊口，日子过得极为艰苦。大军对我说，他没有进过一天校门，父亲读过私塾，是父亲手把手教他识字，教他做人的道理。在他九岁那年，经人引荐，他来到德清县二都乡，替生产队放牛，以换取粮食解决温饱问题。他在二都放了四年的牛，白天割草，夜晚喂牛，还抽空读书识字，那段日子令他终生难忘。大军告诉我，在二都时，一个偶然的机会，他读到了高尔基的名著《在人间》，他如饥似渴地读着，生吞活剥地读着，泪水时常将书打湿，幼小的心灵，受到了极大的震撼。

长大后，大军先后种地、看山、打短工。20 世纪 80 年代初期，他只身一人回到淮阴种地，1992 年又返回梅峰，随老父亲一道为他人修补自行车。不管身在哪里，不管生活多么艰难，他都没有割舍对文学的爱。在淮阴时，他曾发疯似的学习席慕蓉、汪国真的诗，并学着写诗，也有几首小诗和小散文，在当地的报纸和电台发表，这对贫寒中的他来说，该是一种多么大的安慰！

大军已经三十多岁了，至今尚未成家。他苦笑着对我说："成家，对我来说恐怕是一个遥远的梦。像我这样的人，爱好文学似乎有点不合时宜。"说这句话的时候，他的眼睛透过窗户向外眺望。对此，我找不出恰当的话来安慰他。其实，任何廉价的安慰，对他来说都是多余的。

与大军的一席交谈，他对文学的看法，他对人生的剖析，都令我点头称是。他一定读过许多的书，他一定时常陷入苦苦的思索。他口口声声尊称我"老师"，令我汗颜，也令我无地自容。

大军先生，你走之后，我在思考着这样一个问题：在生命极其暗淡的岁月里，使命是高悬于头顶的永不熄灭的灿烂星光。你对文学的热爱，我不知有否上升到使命的境界、一种自觉的追求？在那次联谊会上，我信口谈到，我们可以将文学当作一件御寒的风衣，不知你是否赞同？

大军先生的人生经历，使我感悟这样一个道理：热爱生活的人，生活绝不会抛弃他；珍惜生命的人，生命绝不会辜负他……也许，有时生活会给人某种失望，但只要苦苦追求，就绝不会一无所获。在生命的长河中，我们每个人都是一叶浮萍，风吹浪打，飘忽不定。不管上苍给我们什么样的生存空间，哪怕命如浮萍，也应生根，坦然面对生活的际遇，好好地活着，并活得有意义一点。

大军，兄弟！走好人生的风风雨雨，衷心祝你幸福！

悲凉的诗意人生

夜幕下，一个人独自走在乡间的小路上，听虫吟蛙鸣，有些诗意追随左右。虽然没有星星闪烁，却有明亮的醉意在心中荡漾。点燃一支烟，有点下意识地，思绪随着烟雾袅袅升腾，我看不清自己的脸，却明了自己的心情。朋友家养的那只狗，随我一起漫步，此时它是最忠实的伙伴，默默地跟在我的身后。

不知为什么，"残阳如血"这个词突然跳了出来，将我吓了一跳。此时的夜晚有些黑，眼前的路只是依稀可辨。残阳如血的景象和眼前的所见，完全是两个截然不同的场景……

继续在乡间的小路上踟蹰着，继续聆听虫吟蛙鸣和偶尔飘过的鸟鸣。心绪有些茫然，辽阔的苍茫与孤独的个体，在乡下的夜晚遭逢且相知。也许，这是冥冥中的某种召唤；也许，这仅是生命旅途中的一个毫不起眼的片段。

由"残阳如血"，我想到了一个人，想到了他多灾多难的一生。他就是著名诗人、诗评家沈泽宜老师。上午接到诗友电话，邀请我下周六参加沈泽宜老师的诗歌朗诵会，并说是先生指定的且邀请我的女儿同往。还说这将是先生的诗歌"告别会"，并告知先生因结肠癌年前开刀，医生断言活不过两月……此番话听后很是悲凉。

沈老师一生命运坎坷。1957 年在北大读书时，在"反右"时因相信组织、相信领导给领导提意见，反被打成了右派，继而被定性为反革命，坐牢吃官司，在某个荒凉的地方饱受"磨难"长达二十二年！他因《是时候了》这首诗，断送了自己的青春、自己的前途，连同美好的爱情。直到改革开放时期才平反昭雪，回到自己的故乡——湖州，在讲台上继续着自己有些诗意、有些悲凉的人生。

这是一个可爱可敬的老人，他活得真实，活得坚韧，活得很不易。面对命运一次次的捉弄，面对生活的一次次的不公，老人依旧坚强乐观大度地朝前走，走得虽说艰难，但依然充满着悲壮的诗意。不是每个人都能做到这一点的。

去年深秋，台州和杭州的几个诗友来湖州探望病重的老师，我陪同他们一起叩开老人的家门。出乎我们的意料，老人虽然被诊断为直肠癌，但他依旧很乐观，依旧为他热爱的诗歌奔走呼号。在他的脸上，丝毫看不出痛苦和消沉的神情，他那爽朗的笑声，深深感染着我们每一个健康的人。他对自己的未来充满信心。他说，他有许多的事情要做，他向我们讲述自传体小说写作的进展……我们一起合影留念，我们的笑容都是很坦诚的，那将会成为珍贵的回忆。

现在，重读先生赠送我的情诗选集《西塞娜十四行》，为诗句中流淌的情怀而感动，仿佛闻听杜鹃声声泣血的呼唤。老师在这本书的后记里写下了这样一段发自内心的话语："既然一生都只是一场空白的等候，那么就让我把原本应该奉献给一位女性的赞美与感激之情，转而奉献给所有我始终仰望却无法接近的女性群体，让这永恒女性的救赎之光抚平我创伤，洁净我灵魂，引领我上升。"此刻，我只能无语。

沈老师的诗歌，是戴着荆冠戴着镣铐的舞蹈，字字血，声声泪。每一首诗，都是苦痛的记忆，苦痛的呼唤。

人生真的很难圆满。每个人，都会有他必须要面对的艰难困苦。只是，他的这一生太过凄苦、太过悲凉了一些。这也是人生，是一个人要独自承受的命运。

现在，万籁俱寂，该歇息的都歇息了。可是，我却睡意全无。那个"残阳如血"的画面，还在眼前回放……

乡愁是一杯烈酒

想起一个人 "面朝大海"

今天，或许只是一个普通的日子；今天，也许是一个不平常的日子。那就要看谁在面对这样的今天。

写诗的人，也许不该忘记一个人，也许应该记住今天这个有点特殊的日子。3 月 26 日，22 年前的今天，因为一个天才诗人的自杀，因为一个人年轻的生命，用那样极端的方式结束而显得意味深长。

《面朝大海，春暖花开》这首诗，竟然陪我们走过了整整 22 年，我们在感叹时间消逝得如此之快的同时，会不会还在诵读这首诗，想起这位英年早逝的天才诗人？整整 22 年啊！22 年前的 3 月 26 日，春暖花开的日子，一个向往面朝大海的诗人，却横卧铁轨，面朝着茫茫的苍天，等待疾驰而来的车轮，碾碎他的肉体的同时，也将他的灵魂带向他无法预知的远方……22 年前的今天，他走了，走在了春风里，走在了鸟语花香的春风里，只是，不知他是否合上了双眼？

15 岁就考上北京大学法学系的海子，可谓少年得志。1979 年，15 岁的查海生（海子原名）考取北京大学，这个消息顿时让贫穷闭塞的查湾村沸腾了，那个充满麦子清香的山村激动了许久。我们今天依然可以想象得出那个瘦小少年的幸福表情，以及踌躇满志的憧憬。

少年得志的海子，依然倍感孤独。也许，这是诗人气质使然；也许，这是一个人的命运的归宿。孤独，该赋予什么样的含义，才能完整地解释生命与生存之间的隔膜？孤独，在今天我们依旧多用它来形容肉体，很少有人用它来描述精神世界。孤独，像海子的影子，始终尾随着他，使他难以自拔。他对精神的追求、他对灵魂的追索，似乎与那个时代有些不合时宜。"鹤立鸡群"的感慨，很可能是他常怀有的心态。

他热爱心灵的自由，他钟情于诗神，也许他曾经天真地希望别人和他一样……但是，当他从高高的诗坛走下来，走到芸芸众生的中间，他发现自己是那么孤独，那么无助。天真，可能是诗人共有的可爱与傻气。据说，有一次，海子走进北京昌平的一家饭馆，对饭馆老板说："我给大家朗诵我的诗，你们能给我酒喝吗?"饭馆的老板一口回绝："我可以给你酒喝，但你别在这儿朗诵。"

也许，那一夜，是海子生平最感到受挫的一夜；也许，那一夜，海子与酒相伴到天明；也许，那一夜，海子用酒灌醉自己的诗歌，灌醉自己的可怜的天真……

22年后的今天，假如有人像海子那样，用朗诵诗歌来换酒喝，会不会有人"给你酒喝"，并欢迎你在"这儿"朗诵诗歌……

乡愁是一杯烈酒

天空垂下一只无形的手

　　不管你信不信，很多时候人们的选择，看似是一种自主的行为，是人们在选择自己的生活，其实不然，主宰人们"选择"等行为的，是天空垂下的一只无形的手，它看不见、摸不着，却实实在在地暗中操纵着人们的生活。人们的一些选择，看似偶然，但这偶然之中却蕴含着必然。冥冥之中的这只手，真的很厉害，它不声不响，从不和人们商量就擅自决定着人们的未来，决定着人们的所谓的前世今生，决定着人们生活的酸甜苦辣祸福悲喜。

　　比如婚姻，这该是人生中很重要的一件大事了，恐怕没有谁不对此千挑万选吧？青梅竹马的也好，一见钟情的也罢，自己相中的还是别人介绍的，都是选择的结果——众里寻他千百度，那人却在灯火阑珊处，多么富有诗情画意！从恋爱到携手走进婚姻的殿堂，从十指相扣时的信誓旦旦，到婚后生活的磕磕绊绊，谁能说出此中的滋味？生命中的另一半，真的是我们自己能决定得了的吗？答案不言而喻……

　　很多时候，我们都难以为自己做出选择。我们无法选择自己的父母，父母身份的不同，会给我们带来不同的命运；我们无法选择生存的环境，环境的不同，从一个侧面决定了我们生活的质量；我们无法选择工作岗位和你的上司以及下属，而这些往往会影响你的幸福与快乐……选择难，难选择，真正难的却是我们的一生时时都会面临不同的选择。选择如影相随，我们无法回避，我们常常在选择中困惑，在困惑中做出艰难的选择。

这是一只无形的手，掌握我们命脉的无形之手。我们可以诅咒它，我们可以膜拜它，我们却不能离开它……

心如风筝被故乡牵引

我的故乡在安徽全椒县，吴敬梓和《儒林外史》，让乡人引以为荣。喝着襄河水长大的我，对这片土地怀有深深的眷恋，那说不清道不明的情愫，一直在心头缠绕。弹指一挥间，离开生我养我的故乡已整整三十三个春秋。乡音已改，鬓毛渐衰，可是故乡的襄河水，却始终在我的血脉里流淌。我，枕着母亲河的波涛度过几多风雨、几多不眠的夜晚。三十三年了，我如一只风筝飘飞，走过许多地方，心如线，始终被故乡的手牵引。

像一只太忙太累的陀螺，在异乡的土地上不停地旋转，总无法使自己安静下来。时空的距离，阻隔不了我对故土的依恋，故乡的千山万水，总在脑海里萦回成纤纤的情结。也许正因为有了时空的距离，它消磨了故乡与往事中所有不和谐的成分，甚至连痛苦、贫穷、饥馑等辛酸的往事，都因为一个浓浓的思乡情结变得温柔起来，它们随风而至，抚慰我的孤寂和思念。此时，我愿意是混沌未开的婴儿，躺在故乡的怀抱，静静地入梦，静静地享受那份母爱、那份无法释怀的柔情。

这时候，我常想：故乡，就是无边黑夜里唯一的灯光，寂寞而忧伤地点亮在沉睡的世界。在这个初春的寒夜里，它的周围弥漫着异样的温暖。我像是漫漫长夜里仅有的旅人，拖着沉重疲惫的脚步匆匆赶路，然而有时为了某种原因，却时常错过回家的良辰，而遥远的故乡，始终如一盏不眠的灯盏，让我的内心倍感亲切和温暖。

当我极度疲惫之时，渴望出现一座温馨的驿站以及驿站的小屋里那橘黄色的灯光。这种渴望，时常萦绕梦里不能释怀。我深知，那驿站便是故乡的怀抱，那灯光则是亲人的爱抚。拥有这样的情怀，足以唤起最亲切最美好的回忆，同时又默默地为我洗涤心灵上的灰尘。故乡的小河，更以母亲慈祥的怀抱，容纳我漂泊的生命之舟。我有些迷茫的眼神，会因故乡甘泉的滋润而渐渐澄明起来，脚下的路，也开始越走越宽。

当我跨进一个令人羡慕的门槛，献身一种神秘而陌生的使命；当我在异乡的土地，为理想为信念耕耘并收获喜悦；当我站在高高的楼房上，穿过喧嚣与躁动，穿越现代化扬起的尘烟……我的眼睛，会被家乡的露珠打湿；我的思念，常被故乡的弯月牢牢牵绊；我的心情，会因故乡的变化而起伏不停。回忆是幸福的，那袅袅的炊烟、那戏水带来的欢畅、那儿时相互取暖的玩伴，还有那懵懂的青涩的情感……

站在高高的山冈上，极目遥望魂牵梦绕的故乡。那充满希望的黑土地、那蓬勃生长着的大豆高粱、那敦厚朴实的众乡亲、那一双双渴望脱贫致富的眼睛、那朗朗悦耳的读书声……这样的场景，常在我的脑海里一遍遍地浮现。眺望着黑土地上那些苍茫的岁月，那些渐渐苏醒的思维，如破土的禾苗，沐浴改革开放的春风雨露，正在茁壮成长。家乡的变化，虽然不是日新月异，但这些看得见摸得着的变化，还是令人欣慰。我更盼望故乡加快前进的步伐，紧跟时代把握大好的机遇加快发展。

故乡，是一幅浓淡相宜的水墨画，要读懂她，必须身在一方民俗中，用一种散发泥土和青草气息的方言。远离故乡这么久的我，乡音已不纯正，我还能读懂她丰富的内涵吗？近乡，情更怯。走进故乡，面对她张开的怀抱，我却迟迟不敢向前拥抱。我怕故乡的浓情，融化我迟归的乡愁，我更怕故乡的蜜意，让我终生背负无法偿还的绵绵眷念……

表　达

　　此刻，我能说些什么呢？

　　独居的感觉，一个人独对苍穹时的心灵战栗，是不该拿出来炫耀的吧？我观察过自己的生活，生存状态中的那些无奈，以及在夜晚倾听自己梦中呓语时的清醒……

　　啊，除了灵魂的不安，我还能说些什么？

　　生的快乐与苦痛，无论是直觉与经验，还是萦回于心灵深处的启示，都无法用语言准确表达。既然如此，那就将这些生活的滋味留给自己慢慢品尝。也许，这是岁月最好的馈赠与褒奖。

　　这是自己的生活，必须由自己坦然面对和承担。日子，每天都会准时抵达，生命的时间却无法倒流。别人的生活，从来都不属于自己。攀比，该是很愚蠢的举动。

　　明天能带给我们什么呢？上帝也不知道！我们只能在今天辛勤耕耘，在耕耘中找到自己想要的那种快乐就够了，并非一定要期待明天会带给我们什么样的报偿。

　　欲望除了能带给人们惊喜，也会带来不安和焦虑，甚至将已经拥有的幸福和快乐赶跑。"欲壑难填"，一个成语，就说尽了生活的哲理。明白这个道理与身体力行，则是两回事。"说起来容易做起来难"，这句话说得更直白，也更有警醒的效用。

　　人的需求，其实是很微不足道的。昨晚的大快朵颐以及随后的歌舞升平，与今晚的粗茶淡饭以及独处的宁静，只是生存的不同状态，我实在无法在两者之间找到平衡点。但是，我依然清醒地明白，自己想要的生活该是一个什么样子……

乡愁是一杯烈酒

村 庄

不管时代如何进步，也不管人心会怎么样不古，村庄始终会是一个很美好、很富有诗情画意的词语并长存于世。

说到村庄，便会有袅袅的炊烟在眼前飘浮，流水与鸟鸣，会是挥之不去的佳音在耳畔回旋，而充满生活气息的鸡鸣狗吠，无疑会让人从高空回到真实生活的大地，让自己明白自己不过是很平凡的一个人。即便是力大无比不可战胜的安泰，一旦离开了大地，也会变成凡夫俗子。

此次回乡，虽说脚步匆匆，但是身影穿过村庄，整个人被村庄簇拥的感觉还是非常明显。虽然没有见到炊烟的缥缈，也没有仔细感受小桥流水给予的那种美妙的视觉与听觉享受，但是，因为双脚实实在在地走在养育我的这块土地上，那种亲切的情怀还是油然而生，童年的那些美好的、苦涩的记忆，情不自禁地铺陈开来，进而形成一张网。

我的故乡，具体说来是安徽省全椒县，原来叫陈浅乡大郑村，现在乡镇合并，划归十字镇（我高中曾在这儿读书），大郑由一个建制村缩小为一个自然村。土地还是那块土地，这块土地上生存的还是祖祖辈辈的故乡人。名称换了，并不等于就能改变事物的实质。折腾来折腾去，老百姓的生活如果能有显著的变化，乡亲们的日子如果能越来越好，那也不枉做官的喜欢折腾的那一番好意了。

每次回到故乡，总会看到新面孔，也总会见不到一些熟悉的面孔。生老病死，在这块土地上也是无声无息地演绎着。每当被告知这是谁谁的儿子的女儿，谁谁的女儿的外孙，我就明白，儿时的玩伴都早已"升格"了。对此，我就不免感叹一番，感叹时光流逝的那种无情和多情。在我熟悉的村庄、生我养我的村庄，每时每刻都会发生变化，只是这种变化是潜移默化的，这种变化也只有我这个不常回家的人，才会生出一些感怀。熟视无睹，在任何地方都会是一样的常态。

去年清明回乡祭祖，得知2007年为我父亲守夜的乡邻，已经有4个人在2008年先后辞世，最大的80有余，最小的不足50岁。这4个人，我都非常熟悉，有的是长辈，有的是晚辈，有的还沾亲带故。没想到，仅过去一年的时间，他们就和我的父亲做伴去了。也是这一次，我去看望了一位生命垂危的老人，他和我父亲结为异姓兄弟，比我父亲年长一岁，两人关系一直很好。我父亲生病、病危、逝世，他都常来探望，陪伴父亲，尤其是他不顾自己的年纪和身体，坚持为父亲守夜，令我动容。那次我去看他，他拉着我的手说："伢子（方言，即孩子）呀，我一直在等你，我知道你会回来的……你父亲寂寞了，在等我呢……"说完，老泪纵横。我紧紧握住他干枯的手，连连说："不会的，叔叔……"我的泪水止不住在眼眶打转，强忍住往肚里流……后来，家人告诉我，和我见面的第二天，老人就走了，他真的陪伴我的父亲去了……

真的是说来话长！

离开了自己的村庄，这个村庄或许就是别人的村庄了。这里的一山一水，这里的一草一木，似乎都与我保持着一定的距离。陌生与隔膜，只是必然的反应罢了。是的，离开自己的村庄，只能是别人的村庄；就连我的故居（姑且这么拔高自己称呼之），门上的哪一把锁我可以打开？村里的哪一条狗会对我摇头摆尾以示友好？那些年幼孩子好奇的探寻的目光，带有审视的意蕴，就足以说明一切。

离开世居的村庄，这个村庄就是别人的村庄了。"我曾经生活过的村庄"，这样的表述或许较为妥当吧。"老家，娘家，在家的面前加上任何限定词，就意味着这不是自己的家。"（马步升）照此推理，在村庄前面加上任何限定词，这个村庄也就是别人的村庄了，原来的

乡愁是一杯烈酒

村庄只能是记忆，是回忆中的村庄。村庄的现在与将来，统统与我这个客居他乡的人无关了。

然而，也许是因为骨子里的记忆，也许是因为自己的血液流淌着这块土地的血脉，村庄又是我记忆最多最深刻的地方。这些年，我似乎一直是一个飘零的人，最终的归宿在哪里，我知道却又似乎不知道。"独在异乡为异客"，家只是肉身居住的地方而已，漂泊感就像身影。

此番回故乡，时间匆匆复匆匆，滋生的这些有关村庄的感怀，会不会是一缕炊烟，抑或是偶尔飘过的一丝春雨……

村

庄

驰骋想象

　　阳光打在脸上，温暖在内心流淌。此刻，坐在电脑前，阳光透过窗玻璃，温暖地抚摸着我的脸颊，这是很舒服的感觉。猫咪坐在膝上，懒洋洋的样子讨人喜欢。这就是生活，很安静，似乎与世隔绝。这样的孤独与寂静，带给我的禅意，是自然而然的，仿佛山泉的流淌。微闭双目，想象自己是一只鸟儿在山林穿行……

　　突然，一阵急促的刹车声，粗暴地打断了我的飞翔。收拢翅膀，从幻想的天空回到真实生活。猫咪醒了，正在舔自己的爪子，却又时不时将爪子伸向键盘，或是挠我的手指。太阳依旧，生活依旧，收废旧品的吆喝声此起彼伏，或是叮叮当当，安静的氛围于顷刻之间瓦解。我理解并宽容这一切，每个人的生活都不容易。

　　此刻，任由想象驰骋。我来到了浩渺的太湖，风起云涌，波涛卷起千层雪，这样的阵势，不免让人感慨万千。风中芦苇，是那样羸弱，随风起伏，柔韧之中的坚守，却让我顿生敬畏。那雪白的芦花，是不是我飘拂的头发？我想，春天就要来了，芦苇的根正在孕育着勃勃生机吧？一只我叫不出名字的小鸟从眼前飞过。

　　飞向我的是一只蓝蝴蝶，我不认识的蓝色的蝴蝶。可是，我不是一朵花，是一个饱经风霜的老者，一棵苍劲的老树。蓝蝴蝶，你是喝醉了还是迷路了？我不是一朵花，真的不是。今天阳光明媚，冬天的寒冷减弱了许多，你的翩翩起舞，仿佛春天的花朵已经竞相绽放。我愿意是一首诗，献给你的多情，你的亮丽的忧郁……

一阵梅香扑面而来，沁人心脾，我不由自主地深呼吸。梅香中含有淡淡的太阳的味道，是那种很纯、很干净的味道。尽管现在很是嘈杂，但我排除一切干扰，集中意念慢慢咀嚼着纯粹的赐予。由此，我想到了偶然的相逢，想到了那些美好的回忆，像一幅徐徐打开的绚丽的画卷。那些酸甜苦辣般的缠绵缱绻，只为了圆那个苦苦等待的梦。

　　因为梦，很多时候人们陷入失眠的状态。失眠，尤其是偶尔的失眠，你很难描述这样的滋味。一条缓缓流淌的河流，浪花卷起许多的涟漪，许多的感觉，在思想之外，却在相思之内。你想抓住什么，却发觉很难抓住你想要抓住的东西，就像此时的阳光，她可以温暖你的手心，你却只能握紧那稍纵即逝的余温。这是最真实的体验。

　　通向远方的路，铺满了黄叶，我不敢行走在上面，那种沙沙的脆响，给我的是撕心裂肺的感觉。我只是站在路的这头，远远地眺望着路的尽头，反反复复，只剩下模糊的轮廓，就像消逝了的河流。风雨中，那些发生过的往事，会不会在干裂的土地上重新长出嫩芽进而枝繁叶茂？……没有人回答我的问题，我能做的，或许就是等待，等待希望的和不希望的，等待降临的宁静……

　　等待希望，会伴随苦涩。身在寒冬，等待春天降临，等待花开，难免焦虑。可是，春天真的来临，并不意味着只剩下美好。我突然想到了夹在指间正在燃烧的香烟，袅袅升腾的烟雾，那是香烟的快乐吗？香烟会有痛感吗？人生会是一支香烟吗？……太阳照耀着，很温馨。一颗敏感易动的心，恢复了热情。生活还将继续……

风轻云淡

　　我喜欢这样的安静，阵阵蛙鸣，反而衬托了乡村的宁静。月光下，微风吹拂的感觉很奇妙，会有令人怦然心动的感觉，心胸随之豁然开朗。微闭双目，在遐思中寻找真实的自我，并为自己的灵魂祈祷。虽然仅是短暂离开城市，而且离生活的城市并不远，却因为乡村的安详与淳朴，让我每每喜不自禁。

　　肉身在城市居住，灵魂却渴望在乡村的田野飘荡，就像袅袅的炊烟自由舞蹈。而今，在距城市不远的乡村，有了一块栖身之地，吃着自己种植的蔬菜，过着简单的生活，用心体会这样干净的快乐——花钱都买不到的快乐，足可以让我找到闲适的意趣。自得其乐，就会觉得时间的多情。活在自己想要的感觉中，真的很好。

　　夜晚的孤寂，正可以用来与自己的灵魂对话，不是为了拷问，而是为了沟通、为了寻找更好的默契。一个人独对属于自己的时空，就不会觉得夜晚漫长和无奈，时间悄悄地流逝，就像门前的小溪，欢快地向前吟唱着自己的情歌。此时此刻，所谓的忧伤，已经变得风轻云淡，一切的一切，都不过如此。

　　在城市，有时我选择了"昏睡"或者"似睡非睡"，尤其是在白天，那是不太自由的时段，你不能决定自己的选择，生活的环境会有或明或暗的"牵绊"，让你无法放开手脚。你可以脱掉自己的外衣，但是放在哪儿就不一定是你能够说了算的。我期待夜晚的来临，夜幕下再看这个纷扰的世界，就会多了一些冷静。

每个人都渴望能有一双隐形的翅膀，在自己的天空自由自在地翱翔。前方会有召唤，若明若暗，却像星星闪烁，那是我们的翅膀。我们常常在不知不觉中等待风帆，等待港湾，向着大海顶礼膜拜。因为我们的弱小，我们会放大自己的强大。现实生活中的那些色厉内荏的行为，就是人的本性使然，却让我们读懂了外强中干。

　　当我昏睡时，世界睁大了眼睛；当我苏醒时，世界却睡意正浓。安宁与自由，也许只有在孤寂的乡野才能找到，似乎生来我就是一个孤独的追寻者。然而，你若问我在孤寂中寻找到了什么，我真的无法用语言向你转述，这属于生命个体的自我体验，就像一粒种子从发芽到长成果实，其中的快乐只有种子自己清楚。

　　在农田和果园，不用说收获，就是看见那些鲜活的生命，就足以让人欣慰。赤脚行走其间，找到了原我，找到了自己应该低下头颅的理由。站在田野里，我对着自己说："就做一棵小草吧，快乐地活着。或者是一滴露珠，哪怕转瞬间被风吹去。"时常，手握着种子，急切地寻找，却发现没有一片我能自由耕种的土地。

　　如果说乡村是大海，我愿意是溪流扑向她的怀抱。此刻，夜已深沉，乡村恰似一架竖琴，等待知音前来轻轻弹拨。而我，愿意做一个聆听者，分享这份抒情，并在优美的旋律中让呼吸充满陶醉。放下等待，放下祈求，熄灭燃烧的灯盏，清风拂面，让风轻云淡赋予我美妙的梦境，让时光成为回忆，让回忆成为晶莹剔透的露珠……

独坐黄昏

独坐黄昏。夕阳的余辉，透过树丛，懒懒地照射着玻璃窗。斜阳脉脉，微风轻拂，几只鸟儿在花丛树间快乐地追逐着，鸟儿的鸣叫，该是此刻最美好的呼唤了。思绪随着夕阳渐渐隐入山间而驰骋，那微弱的光芒，将我带入黄昏唯美的意境。

夜晚就要来临了。那将会是另外一种景致，不管你是否在欣赏，夜晚都会如期上演自己的节目，那是为自己表演的快乐。就像一株小草随风起舞，毫不引人注目，小草也是为自己而尽情舞蹈着的。它们都不需要作秀，它们是为自己而活着的，所以活得真实，活得轻松自如。

窗外的桃花，已经错过了欣赏的最佳时机，那一瓣一瓣轻伏于大地的桃花，此时的梦会不会跃上枝头，和已经开始长出桃子雏形的自己说说离别的情话，会不会流连曾经的"花容月貌"，会不会依然回味着人们的赞美？……呵呵，这只是我的胡思乱想；那些花瓣期待着风雨将自己融化，期待着"化作春泥更护花"。或许，这才是花的情怀，花的初衷。

小鸟的叫声一声紧似一声。这是为什么？莫非小鸟不习惯夜晚的漆黑，它们喜欢伴随光明讴歌自己美好的生活？夜晚的确有些漫长，夜晚的黑暗，会让眼睛很不适应；动物和人类的感受会是相同的吧。可是，人类比动物聪明，人类更不甘于寂寞，于是发明了各式各样的精彩纷呈的娱乐活动，将原本寂寥乏味的夜晚，点缀得丰富多彩。而动物们却没有这个能力，动物们比人类更急切盼望着黎明的到来，就在情理之中了。

抬眼望，一株树上栖居着十余只我叫不出名字的鸟儿。准确的说法该是它们在一起交流一天感受的声音吸引了我的目光。它们忽而窃窃私语，忽而大声喧哗，它们旁若无人的样子很可爱……不知为何，它们的快乐，让我羡慕的同时也滋生了些许的嫉妒。

我起身走出院子，想用相机定格这瞬间的美好。可是，当我试图接近它们，当我举起相机准备拍下这很有意思的镜头时，鸟儿们纷纷振翅，飞离了这棵树，越飞越远，最终飞出了我的视线……是我打搅了它们！

当我重新坐下的时候，一丝丝的歉意爬上心头。

天，渐渐暗了下来。我将和这些鸟儿，以及桃花油菜花们一起面对夜晚的真正来临，去适应夜晚的微凉，夜晚的孤寂带给心灵的洗礼……

劳动的快乐

当有一天，我们真正从劳动中享受到了快乐，即便这样的劳动是很累的，内心也会产生愉悦感。就像现在的我，每次回到茅庐，在院子内的"开心农场"劳作，哪怕是挥汗如雨，或是浑身弄得很脏，心里也是很开心的。因为，在劳作的过程中，我享受到了简单的快乐——那些在风中起舞的豌豆、蚕豆还有辣椒等，就像我的孩子，我很在意它们的存在，很乐意在它们中间徜徉，它们的笑声是那样轻盈和动情。

也许，这样的劳作，和单纯的收获有所剥离，因此就不会太在意劳动后的收成。在劳作中体会快乐，在作物的成长中分享欣喜。就像纪伯伦所言："在工作时，你们便是一只笛子，时间的呢喃泻在你的心上，化作音符。"多年前读这段话，只是觉得很美，并没有多少感受。而今，重读这番话语，不仅是亲切，简直就是劳作所带给我的快乐的最恰当的描述，有着很强的动感，每一次挥锹或是浇水，都有诗情画意在周身簇拥……音乐的美，体现在劳动之中，该是最好、最实际的表现形式了吧？

据说，人类的舞蹈和音乐，起始于劳动。也就是说，因为有了人类的劳动，才产生了美妙的音乐和多姿的舞蹈。在大地上行走，踏着大地的节拍，在大地上播种作物的同时播种着希望和美好，这是大地的赐予，也是大地的恩宠。我们唯有辛勤耕耘，用汗水浇灌大地以及大地上生长的庄稼，用收获的喜悦回报大地的深情。

当我们发自内心热爱劳动时，当劳动不再是谋生的手段时，当劳动真正脱离了生存的最基本的需要时，也许我们才可以说："劳动着是快乐美妙的。"因为劳动，我们才体察到了生命的意义。由劳动而热爱生命，并洞晓生命的奥秘，这样的生命，才会有着梦幻般的魅力……

灵魂却在乡村游荡

面对故乡，总有一种说不清道不明的情怀纠结。想放下，却又难以割舍；极力回想故乡的好，始终找不到多少美好的回忆。或许这是一种复杂而又难舍的情感。

自 1976 年 2 月当兵离开故乡，至今已有 35 年，虽然这期间经常回故乡省亲，但能够留下深刻印象的却是很少。回乡，多半是一种责任，是一种情感的驱使。选择回乡的日子，大多是清明、中秋、春节这些带有特殊意义的节日。至于为什么，内心也说不出个所以然。

俗话说得好："月是故乡明，人是故乡亲。"可是，要找到这样的真切感受，需要自己注入主观的色彩才行。不知从何时起，居然和生我养我的那一方土地有了一层看不见的隔膜，甚至和亲友的交流，也开始生疏起来——除了寒暄，似乎找不到共同的话题了，就连和我一起长大、一起读书的一个亲戚，在一起也是无话可说……我知道，这是不应该有的情感，然而我却无法阻止这种感觉的蔓延。我不知道，这是不是说明我在变化，是不是忘记了自己的生命来源，就像我的乡音……

随着年龄的增长，随着记忆的流逝，那种思乡的情怀，却开始与日俱增。也许，这说明我开始老了。

对于生我养我的故乡，我应该是充满感激的，尽管我曾在饥馑中度过了童年、少年直至青春来临。出生于"大跃进"前夕的我，紧接着的三年自然灾害，没有夺去我的性命，该是万幸的事情了。20

世纪 60 年代的那场自然灾害，全国有数不清的人被活活饿死。在我的故乡安徽，这种情况较之全国更甚、更为惨烈。造成这种现状的原因，除了天灾，更是人祸！因为，面对日益严峻的饥馑形势，当局者向上级瞒报灾情，谎称形势一片大好。领导们死要面子，遭殃的只能是老百姓了，直接的后果是饿殍遍野，死人无数……至今，在我的故乡，好大喜功依然蔓延，说假话脸不红依旧是官场上的恶习。

好了，我不该在回忆故乡的时候说故乡的不好，我也知道众怒难犯。虽然，我一直坚持说真话、说实话，但是有时也得委曲求全，至少还可以保持沉默。

现在，思乡的情结日渐浓密。我也搞不懂，岁月长河的浪花，为何没有卷走我对故乡的依稀记忆，儿时那些有趣的无趣的往事依旧历历在目。时光流逝，却为何没有让我淡忘那些难以释怀的疼痛？故乡的山水，故乡亲友的笑容，故乡那些刻着时代印记的风俗，贫穷笼罩下的那些快乐的童年游戏……常常成为思念的源头和标本。

在城市里居住久了，对乡村的渴望日甚一日。而每当此时，首先想到的便是故乡。肉身在城市居住，灵魂却在乡村游荡，这或许是为数不少的人的现状。每当从繁华与喧嚣中得以抽身，思绪便会如袅袅的炊烟在故乡的上空飘荡，甚至幻想在这种虚无缥缈的驰骋中，化解心中的寂寞，以及那一份时时浮现的乡愁。然而，心灵的乡愁，却无法在现实的乡愁中找到抚慰和寄托。

记得不久前读过美国作家托马斯·沃尔夫就故乡的话题说过的一段非常精彩的话："我已经发现，认识自己故乡的办法就是离开它，寻找故乡的办法，是到自己心中去找它，到自己的头脑中、自己的记忆中、自己的精神中以及到一个异乡去找它。"今晚重温，别有一番情怀挥之不去……

乡愁是什么？是余光中诗中的邮票和船票？抑或是李清照词里的"才下眉头，却上心头"？我不能给出准确的答案。头上的白发，也许是思乡的一种凭证……

你在等待什么

春雨终于停歇了，没有了雨声，此时的乡野静得有些百无聊赖。一个人，就这么呆呆地坐着，心思却随着春水开始奔腾。

映在窗前的树影，仿佛是大地无言的呐喊。月儿呀，你在等待什么？为什么你要藏起你的身影？我想象着水中望月，想象着月照涟漪泛着粼粼波光的情景。

寂静的深夜，会有无比新奇的饥渴此消彼长。就连上帝，也会在此刻失眠吧？丰富的生命，会在这样的夜晚，寻找恰如其分的主题。在水之湄，眺望彼岸的一株芦苇，芦苇的拔节，是等待中的急不可耐。

往昔，留下的不仅仅是回忆的碎片，就像一个名字，如果仅供凭吊，那只能是无言。无言，该会是多么可怕的忍受，此时的煎熬，只是生命里小小的需求。为了这一刻，我似乎已经等了很久。

虽然，此时夜空一片漆黑，我依旧踮起脚尖，仰望着夜空——久久地凝视着，月儿没有出现，我找不到抱怨的理由。想象中的那只鸟，已经化为一朵云了吧？从我眼前飘过的那朵云，就该是那只鸟在歌唱了。鸟得到自由时，就能够唱响自由的歌。

此时，水中的鱼儿沉默着。平静的水面，等待月色在水的心弦上停留，或是弹奏一曲缠绵的音乐。如果此时能让我选择，我愿意选择做一只萤火虫，用沉默的爱，给暗夜带去微弱的光亮。消散的尘埃，此刻却在水面温柔地笑着。

靠近了，那说不出缘由的邂逅。这是上天赋予的，刹那间的交错，说不清是谁先回眸，就像闪电和惊雷，虽然有先后，可是这样的分辨是没有意义的。"绝不要害怕'刹那'——永恒之声如此歌唱着。"（泰戈尔）刻意的寻觅，在无意的邂逅里，找到了情爱的真谛。

月亮啊，我已在杯中斟满了美酒，请你与我同醉，与我在已经到来的明天相会。一朵小花，也在期待你的来临，月亮呀，你总不会忍心看一朵小花在等待中凋零吧？请问，什么样的喜悦不需要源头？什么样的忧伤，可以自生自灭？

孤独的世界里，寂静的心灵感受到了它的叹息。那些绽放瞬间就会消逝的花朵，种种美丽的惊喜，会在爱情里得到滋养吧？我们注视世界时，世界也在看着我们如何应对自己的人生。我们可以失去很多，但是不可以灰心失望。要想看清世界真实的面孔，先要看懂自己真实的容颜。

今夜，月亮没有出现在我们的眼前，并不是她欺骗了我们。当我们寂寞时，月亮也在天空寂寞着；当我们寻找伴侣时，月亮也在热切地等待……

月儿呀，你的声音很遥远，却飘荡在我心里，宛如春雨低吟。我正准备敲门，却看见一扇门敞开着……

山中半日赋闲杂记

为能静下心写报告文学，我在安吉找了一家农家乐，很不巧遇到电路检修，停电也停水，电脑无法使用，只好看书。本想换一家，但转念一想既来之则安之吧，一切随缘。刚才出去走走，因是公路边车来车往灰尘满天飞，加上太阳很是热情，那就打道回府吧。回到房间，胡乱地写着，丝毫没有头绪，时间就这样悄悄流逝……

打开窗户，此时多么希望能有飞鸟来到我的窗前和我说说话。鸟儿没来，一阵秋风吹过，几枚黄叶飘零着，匍匐于大地的怀抱。它们没有歌唱，它们的歌声已被秋风带走，或许是因为没有谁为黄叶谱写过曲谱。一个人在异乡，安静得有些落寞、有些忐忑，不过这种滋味还是有点意思，但却无法用语言准确表达。

人，有时需要流浪。浪迹天涯之后，或许就会对人生产生别样的理解，在字里行间留下一路走过来的足迹，那些艰险、那些浪花、那些酸甜苦辣，都会让自己对生活多一些热爱。曾经的熟视无睹，一路走过来后，就会觉得倍感亲切，就会对珍惜这个词更加珍惜。浪迹天涯之后，就会看淡许多事物，看小许多东西。

此时，多么希望有一个人来看我，当然我不会乞求。一切随缘，一切都是因缘际会。人有时很强大，有时却会很脆弱，人本来就是多面的。一些貌似强大的其实是色厉内荏，我们见惯了外强中干的人，也看惯了虚情假意。生活教会了我们许多，我们不一定会长记性，在生活这位大师面前，我们永远都是小学生。

流水在近处环绕着，这是农家为养鱼而建造的院内循环水渠，我刚才看见水渠里有不少鱼儿在缓慢地游着，我想这些鱼儿并不知道它们将面临的命运，也许知道了但却不能改变自己的命运。它们悠游着，是快乐还是苦痛，我不敢妄猜。假如是忧伤，这些忧伤会不会在水中沉静下来？水依旧流淌不息。

水没有停下来，倒是有些东西在我的心中沉静下来，而这些东西是何物，我却说不清楚。阳光下，大地没有露珠，大地的灿烂笑容，却未能唤起我的共鸣。想象中的一只青鸟，带着爱来过，匆匆地又飞走了，青鸟的笑声是那样清脆，而我却没有看见，或许会萦绕在我的梦里。梦里，陌生的会不会变得亲密无间？

慵懒的微风吹拂着窗帘，一些看不见的琴弦演奏着潺潺之音。没有人提问，我也无需回答什么，我看不见自己的身影，却看清了自己真实的脸孔。我愿意聆听风的歌唱，跟随着风穿越眼前的迷障，让自己的爱裸露在阳光下，接受阳光最真挚的抚摸。在爱的面前，我不想选择，宁愿让爱来选择我并听从爱的自由责罚。

风吹过，树叶沙沙作响，或许这是我的一些零碎的想法随风徜徉。我愿意这样想，愿意在心中低吟那些美好的惆怅。很多时候，我无法约束自己的思绪，无法让自己思绪的翅膀停息在枝头。面对花朵阳光山川河流，面对生生不息的永恒与瞬间，我觉得自己太过渺小，小到如一粒灰尘。然而，即便是灰尘也是快乐的。

阳光下的天空很是澄明，我体会到秋高气爽的那种明媚。静静地坐在房间里，任由思绪蔓延，或回忆，或遗忘，我想此时此刻，我该回到了我的一生。回到了我的一生，会不会像一个迟暮的老者，沉迷于捡拾过往的故事，那些忧伤、那些辉煌，都变成了翩飞的蝴蝶，那些灵魂的碎片，在空中抛洒着眷念和泪水。

人是会撒谎的，谁都不能例外。在撒谎的时候，我们会变得前言不搭后语，会开始丢失幸福。孩童时，我们盼望长大，可是长大后，才明白死亡多么可怕，它尾随着我们，恐惧于事无补，及时行乐同样无济于事。能够救赎自己的唯有自己的选择，你选择什么样的生活，你就会找到你想要的生活。谁能握住流失的沙子？

　　鱼是欢乐的，鸟是欢乐的，风是欢乐的，花朵是欢乐的，就连此刻翩飞的树叶都是快乐的，我们有什么理由背离快乐去选择别的生活方式？

在乡野的怀抱流连

昨夜一场翡翠色的春雨，洗净浮尘，一切的一切，都显得清新无比。

今天雨过天晴，阳光灿烂，拂面酥软的杨柳风，把人的五脏六腑洗涤得干干净净，像眼前欢快飘移的云朵。心情好，什么感觉都好。山醉人，水也醉人，暗暗飘过的桃花香气更是醉人。春风拂面，轻轻抚摩，细细感受竟有清水洗濯肌肤的凉爽。置身其中，人真是陶醉得不行。

行走在乡间小道，道旁的野花野草随风起舞，涓涓而流的小溪，静静地歌唱——"静静地"，此刻置身桃林，这该是最佳的姿态吧？静静地，倾听桃花诉说，仿佛揉进自己的希望、思考或是津津有味的回忆……静静地，觉得岁月在悄然中已经远逝，就像那缓缓向前的流水，载着花瓣，也载着草叶，还有人的向往或是惆怅。风，若有若无，花香阵阵，微迷微醉。人懒懒的，有点柔弱无骨的味道。穿行桃林间，轻松自如的步伐，开心的表情，发自内心的笑声，都留在了妙西白鹭谷的那片桃花林。

听着自己的足音，在空旷的山野回响，你能想象出此时的快乐是多么容易，又是多么真实自然——此时，在这里唯一的真实，就是正在发生的真实，无须粉饰，无须雕琢，无须左顾右盼。一切的一切源自坦然，所有的美丽，都是由内而外的珍贵。我聆听到自己的足音，碰响了深处休憩的时间。花香鸟语，与我交流，是一种相互缠绵的心情，也与我灵魂深处的悸动、忙碌奔波的生活状态、脸上渐生的皱纹和粗糙的指尖联系在一起了。

在这样的氛围，于不知不觉中敞开怀抱，滋生某种奇特的感觉，因而竟有了与平时不同的韵致，在瞬间化为湿漉漉如雾一般的情怀。抬头看天，这是另一片天空，有别于城市的天空，让人心旷神怡的天空；这也是另一种生活，另一种空气……仿佛由遥远的记忆中走来，向我靠近，进而将我簇拥……

我将目光从眼前的桃花林移开，也从眼前的野草上移开，很是感慨。

此时，我想轻握一只手，并在这只手抚摸过的花朵上停留……

我不一定读懂你的微笑

早晨上班，在市电力局办公大楼转弯处看见一个年轻人朝我微笑，出于本能我也回报了一个微笑，且多看了一眼。

这一看，就发现了"玄机"——原来，这是一名精神病患者，从他的打扮和神情上我看出了"破绽"。长长的头发自然卷曲，脸色有些苍白，手持着一柄破旧的遮阳伞，走路有些从容不迫。如果不是脸上的不整洁，以及他眼神里泄露出来的那种特有的神情，根本看不出他有什么异常。

我接受了他的微笑，他也接受了我的微笑。两个素不相识的人，在这样一个特定的时间里交错，并以这样一种友好的方式交流着情感。虽然，这样的交错不到一分钟的时间，然后各自消失在茫茫的人海中，也许这一辈子就不会再交错，也许还有再见面的时候。其实，这都不是要紧的事，关键是两个毫不相干的人，在特定的时空里，向对方表达了一份心意，这就够了。

坐在办公室，泡一壶茶慢慢地喝着。奇怪的是，这个年轻人的影子一直在眼前晃动，且挥之不去。他那款款而行的样子、他那真诚却傻傻的笑容、他的满头浓密且有些卷曲的长发在风中飘舞的洒脱……就像一幅油画，在脑子里定格，又在脑海里不停地变换着场景。

我能读懂他的微笑吗？此时，我在想这个不着边际的问题。他是谁？他从哪里来？他又要到哪里去？我，不可能找到到答案。正如我，这一辈子都不可能回答出这样的问题：我是谁？我从哪里来？我又要到哪里去？……

是的，也许我无法读懂他的微笑的含义，但是，我相信自己从他的眼神里读懂了他的那份坦诚与善意。那么，他是否也读懂了我微笑里要表达的那份真诚呢？我，不得而知。

人生如浮萍，常常处于飘忽不定的状态。这个年轻人，也许曾经有过温暖的家，也许有过温馨幸福的生活，而今，他似乎像一朵浮萍，在这个茫茫的世界上游走，居无定所会是他现在生活的状态吧？也许是也许不是。他，现在生活得快乐吗？他的笑容是不是发自内心？他现在这样的状态，将如何与人与自然相处？这些都是一个个问号，在眼前垂悬，我无法将这些问号拉直……

相对于这个年轻人，我们这些正常的人，生活得幸福快乐吗？居有安定的场所，衣食无忧，又有体面的工作和稳定的收入，也许还不缺乏浪漫的情怀……但是，我们幸福吗？我们活得是否从容坦然？我们的笑容是否发自内心？我们是否能够很傻地面对这个越来越聪明的世界？

记不得是谁说过这样的话："世界上真正快乐的人，是那些傻子。"起初，我是反对这种说法的，现在细想起来，还是很有道理的。聪明，有时恰恰是痛苦的根源。那些傻子，或许因为缺少明辨是非的能力，也就无法对幸福、快乐、痛苦、忧伤、嫉妒、仇恨等情感作出判断。在他们的眼里，世界就是那个样子，一切不过如此，无所谓好无所谓坏，过一天算一天且傻乎乎地乐着……

当然，大智若愚的人，也会是很快乐的。问题是，面对这样一个纷繁复杂的世界，有几个人能做到大智若愚呢？

年轻人，虽然我们匆匆交错过，虽然我不一定能读懂你的微笑，但是，我要感谢你，感谢你的微笑，告诉我什么叫生活。此刻，我不知你行走在何处，我只是默默地祝福你，我会记住你送给我的那份微笑、那份坦诚……

时隐时现的伤口

消瘦了的月儿，正在一天天走向丰满，这是一个很快乐的过程，也是一个很艰辛的旅行。很圆满的时候，也正是走向消瘦的时候，周而复始，没有人能理解这样的"行为艺术"。每天晚上，在回家的路上，我总是情不自禁地仰望苍穹，寻找变化着的月亮以及闪烁的星星，那里有无穷的奥妙，牵引着我的视线、我的翘望……

今夜的风很冷，就连想象的翅膀也被冻住了。我想到了风筝，那是一只断了线的风筝，此时它在哪里呢？就像迟迟未归的游子，身在异乡，心却在养育他的故乡辗转反侧。连春都老了，往日的情怀，会不会随风而逝？抑或就像那断线的风筝无依无靠？一屋子的相思，在特定的时空徘徊，在尘世间游荡。哦，今夜魂归何处？

春未至，我却看到满山遍野的杜鹃以及在杜鹃丛中穿梭的沉醉了的粉蝶儿。杜宇声声，那是谁的呼唤？庄生梦蝶，今夜不知我能梦到何物？有人告诉我，云变心了，我知道，云本来就是一颗善变的心，更何况那是云的自由。天空辽阔，天空博大，天空宽容着云的自由自在。我不是云，在尘世生活的我，必须遵循许多规矩，必须理解自己的很多的身不由己。

我多么想自己能活在梦中。我知道，这是很可爱、很可笑的愿望。但我不以为然，因为梦是自由的，不受任何干扰，做梦是我唯一能够选择的最佳自由。沿着月色，与梦牵手，该是何等浪漫，而且不需要附加任何的条件。如果梦是一个纯情的女子该有多好？我该笑自己的迂腐了！问世间情为何物？直教人生死相许。可惜的是，至今没有人能告诉我……

在清澈见底的池塘里，我看见了鱼和水朝夕相处，是人卑俗的欲望打搅了这美妙绝伦的梦境。我从不钓鱼，因为我讨厌那样的欺骗和幸灾乐祸，我不忍目睹蚯蚓在鱼钩上苦苦挣扎的表情——是人让蚯蚓背上了丑陋的坏名声！可怜的鱼儿，为什么就不能汲取教训呢？其实，我这样的责怪丝毫没有道理。鱼远不如人聪明，人尚不能避免重蹈覆辙，我有什么理由强求于鱼呢？

在平静的日子里，人有时会渴望波澜；在风浪中颠簸久了，宁静的港湾是水手最向往的地方。为什么会是这样？这是人的内心需求使然。含情的花蕾，枯黄的叶子，都会给我们触动，让我们有所思有所寄托。擦亮心灵灯盏的灰尘，我们会发现这个世界依然有许多的美好，有许多的感动值得我们流下真诚的泪水。对此，我深信不疑。

时间的水滴，会穿透所有的坚冰，冰层下的流水，并非纹丝不动。不可否认，世俗的灰尘，会暂时蒙蔽我们的眼睛，面对纷至沓来的诱惑，很少有人不怦然心动。这像一个伤口，时隐时现的伤口。欲望之火，会将人烧得面目全非。此刻，我想站在春色最亮的地方，在春雨充沛的季节，洗涤身上尚存的那些不干净的印记……

乡愁是一杯烈酒

没有想到，我会想家——在这个特殊的时刻、热热闹闹的时刻。自从父亲驾鹤西去，母亲大多数时间在这里和我们一起生活，除了清明回去祭祖外，很少回老家了，老家的记忆开始淡化起来。我想起了那首诗：少小离家老大回，乡音未改鬓毛衰……生我养我的那个村庄，回去后竟有很多人不认识了，毕竟离开故乡三十多年。时间的流水永远滚滚向前，也许它不太在意人们的感受。

乡愁很重，乡愁很轻；乡愁拿得起，也许放不下。烟花爆竹又骤然响起，我不知所有的乡愁，连同伤逝已久的记忆，会不会在这种声音里醒来或者睡去。我想快乐，哪怕是孤独的快乐。不会迷失方向，不会的，我知道自己选择的自觉性。春天来了，在暖风里呼吸暖暖的感觉。乡愁会是蒲公英吧，天涯海角都会是家……

蓦然回首，仿佛百年已过。老家门前那棵活了近百年的老槐树虽然多年前被砍伐了，但它经常会出现在我的梦里。这棵老槐树，白天为我们挡风遮雨，夏夜来临，我们将门板拆下来搭在板凳上，老槐树为我们挡露水。在饥馑的岁月里，槐花可是我们很可口的粮食……写到这里，我深深吸了一口气，再缓缓地吐出来。

细细想来，回忆离不开一些很重要的细节，也正是一些细节，让回忆充满了许多难以言表的情怀。走过很多地方，见过很多的美景，可是故乡那些虽然有些破旧的记忆依然无法忘却。时间沧桑，抹不去深刻的年轮，那些衰老的年轮，会在一些特殊的时段发出新芽。多少年过去了，我知道哪块土地最亲，哪一泓水最清澈。

如果说，夜晚吻着白天留下的余温会很快乐，那么，我想说，梦是夜晚留下的露珠，是相思的泪凝成的结晶。夜风如手，撩拨着头发，更撩拨着不肯休息的缕缕思绪。一个人情有所系无疑是幸福的，不管这个"情"是否有靠岸的码头。问世间情为何物，直教人生死相许？情——心中生长出的青草，野火也烧不尽啊！思念故乡之情，该是这样的情怀，因为故乡有我们的老家，那是我们的根。

是啊！家是温暖的港湾，承载着我们的酸甜苦辣，那是我们的根，我们的灵魂所系。父母守望的眼神，刻骨铭心，我们也会老，当我们真的老了的时候，也会有守望的眼神。古时说父母在不远游，现在是不可能的事情，常回家看看在当下也会变得很难。亲情浓如血，荡漾在心头的是寒冬的火炉，是徐徐的春风……

"有父母在的地方就是家"，看到这句话时，泪水在眼眶里打转。父母健在，我们还可以将自己当作孩子，有父母在前面抵挡着，我们似乎没有感觉过死神的来临。每到年关，那么多的人，克服重重困难返乡，为什么？回家啊！父母期盼的眼神，就是照亮家的温暖的灯盏，更是一种无形的力量，召唤游子回归故里。

我不知今夜的风从哪儿刮起，但我知道今夜的酒比平时更浓。52度的烈酒喝了半斤多，不是酒浓，是今夜的春风临近，风有些暖，心的暖意融入春风里。风月无边，我只是醉眼蒙眬。你是谁？请不要告诉我。多年前的春雨里，杨柳摇摆，撑着一把油纸伞的那个人，我不知道是谁。戴望舒的雨巷，青石板的声音很脆，只是那个撑一把油纸伞的姑娘早已走远……

"黑夜啊，我感觉到你的美了，你的美犹如一个熄灯之后的可爱妇人。"这是泰戈尔说的，泰戈尔的这句话留给我们丰富的想象空间。星星点灯，星星照亮了谁的家门？逝去的日子，在月色的抚慰下会不会复活？黑夜是美的，明眸皓齿，小鸟依人，这些意象会像萤火虫在眼前飞来飞去。我静静聆听夜晚的歌唱和呼吸，在喧嚣的今夜静静聆听。

今夜的风很冷，就连想象的翅膀也被冻住了。我想到了风筝，那

乡愁是一杯烈酒

是一只断了线的风筝，此时它在哪里呢？就像迟迟未归的游子，身在异乡，心却在养育他的故乡辗转反侧。连春都老了，往日的情怀，会不会随风而逝？抑或就像那断线的风筝无依无靠？一屋子的相思，在特定的时空徘徊，在尘世间游荡。哦，今夜魂归何处？今夜元宵，那一轮明月，可在故乡的村口悬挂？或是伸展双臂，迎接游子的归来？

乡愁是一杯烈酒